Ève
aux sables dormant

Cécile Ama Courtois

DÉDICACE

Je dédie cette réédition à
Lilian Ronchaud

CHAPITRE LIV

Le lever du soleil sur les dunes, voilà un spectacle que Guillaume n'aurait manqué pour rien au monde, quitte à être debout bien avant les autres. Comme chaque matin, les premières lueurs de l'aube l'avaient tiré du sommeil. Il se réveillait toujours de bonne humeur dans le désert. Après s'être habillé et avoir attrapé au passage un peu de pain et quelques dattes, il avait couru jusqu'en haut de la Cime, s'était assis sur le sable encore froid, et de cet observatoire unique, dans le silence de l'aurore, il avait salué avec émotion l'ascension de l'astre du jour.

En Égypte, le soleil était un dieu, et en tant qu'apprenti égyptologue, étudiant en histoire de l'art et futur archéologue, Guillaume avait appris l'importance des symboles et des rites. Pour lui, rendre hommage au soleil levant tenait de l'évidence, du devoir sacré. Il aimait les mystères et la magie de l'Égypte ancienne. Depuis qu'il avait décroché ce stage de six mois près de la Vallée des Rois, il n'était pas descendu de son nuage.

Peu à peu, alors que la lumière repoussait les ténèbres et envahissait le moindre recoin du campement, les hommes s'éveillaient, quittaient leurs tentes, parlaient entre eux, et la vie reprenait ses droits. Guillaume se remit sur ses pieds en expirant profondément. Était-ce un soupir de regret, parce que le moment de grâce qu'il venait de vivre s'achevait, ou d'impatience à l'idée de se remettre au travail ? De repartir, comme chaque matin, à la rencontre d'un passé de plus en plus lointain ? Lui-même ne le savait pas vraiment, il y avait sans doute un peu des deux. Chassant de la main les derniers grains de sable encore accrochés à son jean, il redescendit le sentier et rejoignit l'équipe de fouilles qui se préparait.

Ils creusaient depuis des mois le flanc ouest de la Cime, qui surplombe la Vallée des Rois. Montagne sacrée pour les anciens Égyptiens, c'est à ses pieds que ces derniers avaient durant des millénaires enterré leurs morts. La Vallée des Rois s'étendait au nord, celle des Reines au sud et les villages menant au Nil et à Louxor s'étiraient vers l'est. Mais la face ouest, tournée côté désert, était quant à elle toujours restée inexplorée. Il y avait bien eu quelques expéditions de reconnaissance, au fil des siècles, cependant rien n'avait jamais laissé supposer que ce versant ait un jour été habité, ou exploité d'une manière ou d'une autre. Jusqu'à ce que, deux ans plus tôt, un archéologue français, le professeur Pierre Monnier, tombe accidentellement sur l'entrée d'une galerie souterraine. Celle-ci s'ouvrait au mitan du tertre. Modeste faille entre deux masses rocheuses, elle descendait en pente régulière avant d'aboutir dans une impressionnante caverne, à plusieurs dizaines de mètres sous le désert. C'est dans cette cavité au cœur de la montagne que Monnier avait repéré les premiers ossements et vestiges préhistoriques, reposant à même le sol. Grâce aux quelques éléments qu'il avait remontés, le scientifique trouva très vite des mécènes et put mettre en place une expédition officielle en un temps record. Le camp de fouilles, installé à flanc de montagne, entre le sommet de la Cime et l'ouverture de la galerie, rassemblait à ce jour une cinquantaine de chercheurs, ouvriers et étudiants qui, à la stupéfaction générale, avaient déjà arraché à la roche quantité de merveilles incroyables. À deux pas des restes de pharaons égyptiens vieux de plus de trois mille ans, l'équipe de Pierre Monnier avait exhumé successivement, couche après couche, des fossiles de diverses espèces de dinosaures, allant jusqu'à deux cent cinquante millions d'années avant notre ère. Toute la communauté scientifique était en alerte. Non seulement cette région, qu'on pensait surfouillée, recelait manifestement toujours des richesses cachées, mais surtout, on découvrait sur un même site un véritable catalogue chronologique de traces du passé. Il y en avait de toutes les époques de la Terre. Une telle chose n'avait, à ce jour, jamais été observée nulle part. Le phénomène était unique et incroyable. Et on creusait encore !

La veille, lors d'une conférence réunissant les principaux experts de la planète, le professeur Monnier, instigateur et directeur du projet, avait évoqué pour la première fois le concept de « cimetière permanent ». Selon lui, pour une raison inconnue, depuis la nuit des temps, les créatures qui avaient récursivement peuplé cette région du monde étaient venues mourir à cet endroit précis. C'est ce qui expliquerait que chaque couche sédimenteuse apportait son lot d'ossements et de fossiles, en respectant un ordre chronologique d'une précision sans faille. Les hypothèses allaient bon train sur l'explication d'un tel phénomène, mais il restait pour l'heure une totale énigme. Guillaume n'en avait pas dormi de la nuit !

— Secteur est 3B, dit Pierre Monnier en désignant Guillaume du doigt. On en est à deux cent cinquante millions d'années av. J.-C., je doute qu'on y trouve encore quoi que ce soit, à ce stade, mais ceux qui nous financent souhaitent que l'on creuse encore un peu plus… de deux ou trois mètres. Pour être sûrs.

— Alors, il faudra de nouveau étayer, Professeur, répondit Guillaume. La fosse est instable.

— Eh bien, fais le nécessaire, tu connais ton travail. Je sais que je n'ai pas besoin de te chaperonner. Demande des hommes à Mahmoud, et au boulot !

— Bien, Professeur, opina le jeune homme en souriant.

— Secteur ouest 8E, reprit Monnier en désignant un autre étudiant. Tu termines le prélèvement du dernier crâne de cynodonte[1] et tu nettoies ton carré. On arrêtera là.

Quand la vingtaine d'estudiantins archéologues et paléontologues présents sur le site fut au clair avec les missions du jour, chacun s'équipa et rejoignit son secteur. Guillaume avait déjà exhumé personnellement plusieurs pièces importantes, ce qui l'avait placé parmi les meilleurs étudiants du projet, pourtant il espérait toujours tomber sur « le » trésor, sur « la » découverte qui changerait son existence. Certes, il savait que la majorité des archéologues fouillaient pendant toute leur carrière sans jamais rien déterrer de suffisamment notable pour s'assurer la gloire, ou simplement la sécurité financière. Et même, la plupart passaient leur vie à essayer de joindre les deux bouts. Finalement, l'archéologie était davantage une passion, un sacerdoce, qu'un quelconque métier. Rares étaient ceux qui en vivaient aisément, et plus rares encore, ceux qui en tiraient une réelle célébrité. Mais Guillaume avait foi en son étoile, aussi creusait-il le sol dur et compact du

---

[1] Reptiles mammaliens, appartenant à l'ordre des Thérapsides, qui vécurent du Permien supérieur au Jurassique inférieur (environ 260 à 180 millions d'années).

sous-sol égyptien avec persévérance et minutie, jour après jour, sans se lasser et sans relâcher sa concentration.

Journal de bord, 58ᵉ jour de stage.

Depuis que le professeur Monnier a évoqué cette histoire de « cimetière permanent », je ne cesse d'y penser. Qu'est-ce qui a bien pu pousser toutes ces créatures, pourtant si différentes et si éloignées sur la frise du temps, des premiers êtres vivants jusqu'aux pharaons, à choisir précisément cet endroit pour venir y mourir ? Qu'y a-t-il dans cette terre ? Le plus étrange, c'est qu'au fur et à mesure de ma progression, l'intuition que je touche au but, que la réponse va m'apparaître, se mue en certitude.

Le ronronnement des générateurs, le claquement des marteaux sur les burins, le frottement des brosses sur la roche rythmaient inlassablement les journées de Guillaume. Il ne voyait le soleil qu'à son lever, parfois au crépuscule, lorsqu'il avait de la chance. Le reste du temps, il creusait, dégageait, examinait des milliers de centimètres carrés d'histoire à la lumière artificielle des LED. Cela n'avait rien de l'idée romantique qu'il s'était faite de son futur métier, quand il en rêvait, enfant, mais cela n'enlevait rien non plus à la magie qui accompagnait chaque trouvaille.

Un léger coup de ciseau sur une protubérance calcaire, et soudain, un agglomérat de sédiments compactés se détacha de la paroi. Dans l'anfractuosité ainsi révélée, Guillaume aperçut immédiatement l'éclat blanc. À cette profondeur, les hypothétiques trophées consistaient en fragments noirs, gris ou bruns… jamais blancs ! La surprise le figea quelques secondes, pendant lesquelles il riva un regard incrédule sur la pièce immaculée, puis l'excitation de la découverte déferla sur lui. Il reprit ses esprits, empoigna son grattoir et son pinceau, et s'attaqua à dégager soigneusement la terre dure et solide autour de l'objet. Après bien des efforts et de la sueur, l'inimaginable prodige apparaissait enfin dans son intégralité, seulement retenu à son tombeau de sable par une mince couche sédimenteuse. Guillaume, le distinguant pour la première fois en entier, en perdit la voix, les bras et les jambes. Incapable de croire à ce qu'il voyait, le jeune homme tomba à genoux, flageolant, et resta immobile, à béer de stupeur devant sa découverte. *Sa* découverte !

Il ne sortit de sa transe que quand l'un des ouvriers de Mahmoud, qui passait vérifier la solidité des étais, le héla.

— Ahmed, va chercher le professeur, s'écria Guillaume en retour, tout de suite !

— Tu as trouvé quelque chose ? le questionna le terrassier.

— Oui, mais je n'ai pas la moindre idée de ce que ça peut être.

L'homme s'en fut en courant pour revenir bientôt, accompagné de Pierre Monnier et de plusieurs autres archéologues.

— Qu'as-tu trouvé, Guillaume ? demanda le scientifique en prenant appui sur le premier barreau de l'échelle.

— Il faut que vous voyiez ça, Professeur. Je crois que c'est un os humain, mais je n'en suis pas sûr.

— Un os humain à cette profondeur ? Impossible ! rétorqua le vieil homme.

— C'est aussi ce que je me suis dit, Professeur, se défendit l'étudiant, mais je ne vois vraiment pas ce que ça pourrait être d'autre.

Parvenu au bas de l'échelle, Monnier se tourna vers le creux de roche dans lequel reposait l'ossement en question. Écarquillant les yeux, il s'exclama :

— Merde, alors ! On dirait un fémur !

— C'est également ce que je me suis dit, Professeur, confirma fièrement Guillaume. Mais comme vous venez de le souligner, un squelette humain à cette profondeur, si bien conservé de surcroît, et aussi blanc que s'il venait d'être décharné, c'est impossible.

— Es-tu certain que rien n'avait été touché, que la terre était intacte quand tu l'as mis au jour ?

— Certain, Professeur. Moi aussi, j'ai d'abord pensé que quelqu'un avait voulu me faire une blague. Mais le bloc de roche que j'ai détaché de la paroi était parfaitement scellé, je vous le jure.

— Je te crois, Guillaume. D'autant que les farces, surtout de cet ordre, ce n'est pas du tout le style des gens qui travaillent ici.

Monnier soupira comme si la situation l'accablait, pourtant son stagiaire n'était pas dupe : les yeux du scientifique brillaient tels ceux d'un enfant au matin de Noël.

— Nous avons donc affaire à un nouveau mystère, plus énigmatique encore que les précédents, conclut le professeur sans parvenir à cacher son excitation.

Monnier ne détachait plus le regard du fémur immaculé, il se frottait le menton, se grattait la tête sous son chapeau, en proie à d'innombrables interrogations.

— Guillaume, n'y a-t-il pas autre chose qui t'étonne, à propos de cet os ? finit-il par demander.

Le jeune homme sourit. Cette question-là, il l'attendait dans une exaltation fébrile depuis l'arrivée sur les lieux du directeur des fouilles.

— Il paraît bien trop fin pour être humain, Professeur. Avec un fémur pareil, on ne pourrait pas marcher, il casserait.

— Exact. Il est de toute beauté, sa forme est parfaite, mais il n'y a aucune chance que quelqu'un ait pu se déplacer, courir, sauter, avec une ossature aussi fine.

— Vous pensez qu'il y en a d'autres, Professeur ? s'enflamma Guillaume, pressé de mettre au jour de nouvelles merveilles de ce type.

— Certainement. Vu le parfait état de conservation de celui-ci, je serais étonné qu'on ne retrouve pas le squelette entier.

— Professeur, hésita l'étudiant, cela sera-t-il mon invention[2] ? Pourrai-je la revendiquer ?

Monnier reporta son regard sur son stagiaire, semblant l'évaluer. Il réfléchissait à l'impact d'une telle décision. Impact sur le jeune homme, d'abord, pas encore sorti de l'école, si rêveur et si passionné, et sur la communauté scientifique, ensuite, qui serait pour le moins outrée qu'il ne l'ait pas présentée comme sienne. Puis il l'attrapa par l'épaule et lui dit :

— Si tu te sens capable de mener cette recherche jusqu'au bout, quels qu'en soient les résultats – et tu vas probablement au-devant d'une déception, tu sais… – ; si tu t'estimes à la hauteur des connaissances et du travail que ça te demandera ; si tu penses pouvoir affronter la communauté scientifique, les historiens, les journalistes, qui s'acharneront à remettre en cause tes conclusions ; si tu es sûr que c'est ce que tu veux, alors elle est à toi.

— C'est ce que je veux, Professeur, j'en suis certain. Mais est-ce que je pourrai compter sur vos conseils, sur votre aide et votre appui ?

— Évidemment ! s'exclama Monnier. Tu ne crois tout de même pas que je laisserais un mystère pareil me passer sous le nez !

---

[2] Découverte de trésors, de reliques, de pièces archéologiques ; nom donné aux objets ainsi découverts.

CHAPITRE DEUX

Dans les heures qui suivirent, plusieurs autres ossements furent extraits avec précaution de la roche compactée. Étonnamment, en les manipulant, Guillaume et Monnier constatèrent qu'ils étaient beaucoup plus solides qu'il y paraissait. Ils remontèrent du trou le second fémur, les deux humérus, les tibias, les os du bassin et quelques côtes. Le soir et jusque tard dans la nuit, aidés d'une anthropologue du camp venue en renfort, ils étudièrent ces étranges ossements, aussi blancs et durs que du marbre, et à l'architecture parfaite, bien que particulièrement fine et délicate. Il était impossible en l'état de tenter une datation, même évasive, ils décidèrent donc d'envoyer l'un des fémurs au laboratoire d'analyses dès le lendemain. Le centre d'études archéologiques du Caire disposait d'un labo bien fourni et de chercheurs expérimentés, à défaut d'équipements dernier cri et de grands spécialistes. C'est en général là que les scientifiques envoyaient d'abord les pièces à analyser, avant de leur faire faire le voyage jusqu'à Paris, si l'objet nécessitait une étude plus approfondie. En attendant les résultats, l'équipe poursuivrait les recherches sur le site et tâcherait de reconstituer au mieux le squelette.

Cette fois encore, Guillaume ne put fermer l'œil de la nuit. Au matin, après avoir salué le lever du soleil, il se précipita sur *son* chantier sans attendre les instructions quotidiennes. Officiellement, il était l'inventeur de ces os, et donc désormais directeur de sa propre fouille. Les heures passèrent avec chacune son lot de nouvelles découvertes, une vertèbre, une phalange, une clavicule. À chaque trouvaille, le cœur de l'étudiant bondissait dans sa poitrine. La veille, Michèle Da Sienta, l'anthropologue venue les seconder, avait pu déterminer grâce au bassin qu'il s'agissait du squelette d'une fille, ou plutôt d'une très jeune femme. Depuis, Guillaume l'appelait sa *fiancée*. Et à chaque os qu'il exhumait, il lui semblait tomber un peu plus amoureux. Oh ! Ce n'est pas qu'il était fou, non. Tous les archéologues s'entichaient plus ou moins de leurs inventions. Mais pour lui, sa *fiancée* était bien plus qu'une somme d'ossements. Elle avait été un être vivant des centaines de millions d'années plus tôt, si l'on suivait la logique du chantier.

— Tu vois, expliqua-t-il à Ahmed pendant le repas du soir, le truc incroyable, ici, c'est qu'à chaque couche correspond exactement l'époque qui suit celle de la strate précédente. Souvent, à cause de tremblements de terre et de la tectonique des plaques, les couches sont chamboulées et on peut retrouver des objets, près de la surface, plus anciens que d'autres, enfoncés plus profondément dans le sol. Mais ici, tout est parfaitement rangé par date ! Plus tu creuses, plus tu recules dans le temps, la précision est même invraisemblable ! Donc on peut presque être sûr que les os de ma *fiancée* ont au-delà de deux cent cinquante millions d'années… tu te rends compte ?

— Il n'y avait aucun humain sur Terre, à cette époque, le contredit le terrassier, perplexe. Même pas encore les grands dinosaures. Vous avez dû vous tromper.

— Je ne sais pas, à vrai dire, dut bien avouer Guillaume en soupirant. Tant qu'on n'aura pas les résultats du labo, le mystère restera entier. Mais jusqu'ici, tu as bien vu : il n'y a pas eu une seule erreur ! Toutes les couches se succèdent parfaitement sur la frise chronologique.

Au soir du troisième jour d'exhumation, l'étudiant poussa un hurlement de joie qui se répercuta sur les parois de son excavation et résonna dans tout le chantier. Très vite, les étudiants, archéologues et chercheurs présents sur le site se massèrent autour de la cavité du secteur est. Au fond de son trou, Guillaume s'était affaissé sur les genoux. En larmes, un sourire béat collé sur les lèvres, il contemplait le crâne parfait de sa *fiancée* qu'il tenait entre ses mains. Si le bassin, les os des jambes et ceux des bras avaient paru fragiles, délicats, mais sans défauts, le crâne était bouleversant de beauté et de perfection. On aurait dit le modèle dont Dieu avait dû se servir pour créer les hommes, sans plus jamais réussir à l'égaler.

— *Ève*, murmura Guillaume.

S'agissait-il de l'Ève de la Bible ? La mère de l'Humanité ? Guillaume retournait cette question dans sa tête depuis qu'il avait porté son regard sur le crâne qui reposait à présent au fond d'un coffre-fort du camp. Se pouvait-il que cette histoire soit vraie, finalement ? Le jeune homme n'était pas croyant. Du moins, il croyait à trop de choses pour qu'elles tiennent en une seule et unique religion. Aussi l'hypothèse d'Ève n'était-elle pas plus ridicule qu'une autre, à ses yeux. En tant que scientifique, il s'était toujours juré de ne jamais rien tenir pour acquis ; mais de ne jamais rien tenir pour impossible non plus. Cependant, il aurait aimé avoir au moins une ou deux réponses aux mille questions qui s'agitaient dans sa tête. Chaque soir, quand il se couchait, il s'apprêtait à passer une nuit blanche, à retourner en tous sens l'énigme de sa *fiancée*. Ce soir-là, comme tous les autres, et ce, malgré son excitation, l'épuisement finit néanmoins par avoir raison de lui, et le sommeil l'emporta.

Mais ce soir-là, il rêva.

Je flottais dans un brouillard blanc, lumineux, doux et tiède. Je me sentais si bien, en sécurité. J'aurais pu rester là, à flotter sans penser à rien, pendant des centaines de milliers d'années.

— Oui, c'est aussi ce que je me disais, au début, survint une voix lointaine et voilée.

— Qui parle ? demandai-je.

— Je ne m'en souviens plus, cela fait tellement longtemps, répondit la voix d'un ton mélancolique.

— Si longtemps que quoi ? questionnai-je encore.

— Que je suis là. Cela fait si longtemps que je suis seule en ce lieu que je ne me ramentevois[3] même plus qui j'étais. Et pourtant, je sais ce que j'attends.

La voix s'était rapprochée. Elle était plus claire, plus distincte. Plus belle aussi. Chantante, cristalline, comme une caresse.

— Et qu'attendez-vous ? m'enquis-je rapidement, de peur qu'elle s'en aille.

---

[3] Se remettre quelque chose en mémoire, se remémorer.

— Toi, bien sûr.

— Moi ? Pourquoi ?

J'étais tout à fait conscient qu'il s'agissait d'un rêve, mais j'avais néanmoins l'étrange impression que je devais absolument connaître la réponse à cette question. Comme si je l'avais attendue toute ma vie.

— Tu dois me ramener au monde. Me faire renaître.

Je ressentis une curieuse déception. La réponse n'était pas celle que j'escomptais… bien que je n'aie pas la moindre idée de ce que j'espérais. La voix reprit :

— Tu dois m'aider à sauver mon peuple, dont je suis la gardienne.

— Je croyais que vous ne saviez pas qui vous étiez, répliquai-je un peu vertement, vexé sans même en connaître la raison.

— Je ne me souviens pas de qui je suis, c'est vrai. Mais je sais ce que je suis, et ce que j'ai à faire.

J'avais la gorge serrée. Je sentais que je devais aussi l'interroger sur un autre point, et j'appréhendais d'en obtenir la réponse. Malgré tout, je demandai :

— Et qu'avez-vous à faire ?

— M'aideras-tu ? insista-t-elle en ignorant ma question.

Le soleil levant, éclairant le ciel gris, traversa la paroi de la tente et tira Guillaume de son rêve étrange.

Hébété, le jeune homme se rendit compte que, pour la première fois, il avait raté l'aurore sur la Cime. La frustration d'avoir manqué son rendez-vous quotidien s'ajouta à celle dans laquelle la nuit l'avait laissé. Guillaume se sentait contrarié, et vaguement nauséeux, à tel point qu'il eut bien du mal à se concentrer sur ses tâches. Son rêve lui avait semblé si réel que la matinée passa sans qu'il puisse se défaire de sa gêne. D'ordinaire, les songes dont il se souvenait avaient trait à son travail, ou à son enfance. Celui-là ne ressemblait absolument à rien de ce qu'il avait connu jusqu'ici.

Journal de bord – 62ᵉ jour de stage

Matinée gâchée à dormir et à rêvasser bêtement, du coup, j'ai du retard dans mon travail. Les histoires de « Malédiction de la momie » m'ont toujours fait rigoler, mais je me demande si mon squelette n'est pas en train de me rendre parano… J'ai rêvé qu'elle me parlait, et je n'arrive pas à me départir du sentiment que c'est la vérité. L'idiot !

En fin d'après-midi, les résultats du labo concernant le fémur de celle que, désormais, tout le monde appelait Ève, tombèrent enfin.

— C'est confirmé, annonça Monnier à son stagiaire en parcourant le rapport. Deux cent cinquante-cinq millions d'années avant notre ère. C'est incroyable.

— Qu'y a-t-il d'autre, Professeur ? s'enquit Guillaume alors que l'archéologue plissait les yeux, puis fronçait les sourcils.

— L'ADN est inhabituel, expliqua le vieil homme pensivement, il ne ressemble à rien de connu. En tout cas, il est tout sauf humain.

— À rien de connu ? À aucun organisme vivant, vous voulez dire ?

— C'est exact, confirma Monnier, à rien d'existant au niveau biologique, ou l'ayant été et répertorié dans nos fichiers.

— C'est peut-être une erreur du labo…

— Allons, tu t'imagines bien qu'un résultat pareil aura été vérifié et revérifié !

— Une espèce disparue ? tenta encore Guillaume en désespoir de cause.

— C'est évident, mais même. Cet ADN est encore plus différent du nôtre que celui de la variété la plus éloignée de dinosaures. Il faut qu'on montre ça à des généticiens, je doute que même un anthropologue soit en mesure de nous aider sur ce coup.

— Professeur, je ne voudrais pas paraître stupide, mais…

— Allons, mon jeune ami, au point où nous en sommes, je suppose qu'aucune hypothèse, aussi farfelue soit-elle, ne doive être mise de côté. Dis-moi à quoi tu penses.

— Il y a toujours eu un doute quant à l'origine des pyramides, et aux similitudes entre les civilisations de l'Égypte ancienne et les précolombiennes…

— Tu veux parler des extra-terrestres ? avança Monnier, songeur. Remarque, pourquoi pas ? Nous n'avons jamais eu la moindre preuve du contraire.

— Ce serait… extraordinaire ! s'écria Guillaume, les yeux brillants d'excitation. Vous imaginez ça ? Nous aurions enfin un indice tangible !

— En effet, comme tu le dis si bien, ce serait « extraordinaire », répondit Monnier d'un ton circonspect qui refroidit aussitôt l'exaltation de l'étudiant. Mais ne nous emballons pas. Dans ma carrière, j'ai déjà cru des dizaines de fois avoir trouvé la poule aux œufs d'or… l'expérience m'a rendu prudent. Il y a davantage de phénomènes qui paraissent mystérieux au premier abord, mais s'avèrent ensuite tout à fait explicables, que de véritables énigmes. Ne sois pas déçu, je souhaite seulement t'éviter une cruelle désillusion. Je vais faire examiner ces ossements par des généticiens et nous verrons bien ce qui en découle. En attendant, il doit te rester quelques pièces à extraire si tu veux que ton squelette soit entier.

— Oui, Professeur, acquiesça Guillaume, malgré tout un peu douché. Il me manque une clavicule et quatre ou cinq os de la main droite. Après, nous disposerons de la totalité du corps.

— La nuit ne tombera pas avant plusieurs heures, tu as encore une chance d'y parvenir d'ici ce soir.

— Vous avez raison, je m'y mets tout de suite.

Effectivement, au crépuscule, le squelette était complet… du moins, quasiment. Il ne manquait plus que le premier fémur, celui que le professeur Monnier avait fait envoyer au laboratoire d'archéologie du Caire, puis au Centre d'Études Génétiques de Paris. Guillaume se tenait à présent dans l'un des espaces cloisonnés de la grande tente d'anthropologie. Soigneusement, presque tendrement, il avait reconstitué sur une large planche de bois poli, le squelette de son *Ève*, de sa *fiancée*.

Le campement de l'équipe de fouilles était découpé en plusieurs quartiers. Il y avait d'abord les communs, où l'on trouvait les cuisines et le réfectoire, mais aussi les douches et les sanitaires. De vastes tentes militaires abritaient toutes les infrastructures, et c'était l'endroit le plus animé de la base, quelle que soit l'heure du jour ou de la nuit. Le deuxième quartier, plus net et ordonné, se composait des dizaines de tentes personnelles des habitants provisoires de ce village de toile. Il s'agissait du « dortoir », où le calme et le silence étaient de mise, même en plein après-midi. Certains, qui préféraient travailler très tôt ou très tard, dormaient pendant la journée. Le troisième quartier, le plus important, était lui-même divisé en sections. Il comprenait les dépendances des différentes spécialités du chantier : l'archéologie, la paléontologie, la géologie, l'anthropologie… et possédait en outre, suprême luxe, une infirmerie très bien équipée.

Quand il avait découvert les premiers ossements de son Ève, Guillaume s'était demandé s'il allait les entreposer dans la section paléontologie, comme toutes leurs inventions de ces derniers mois, ou sous le pavillon d'anthropologie, puisque ces os-là s'apparentaient bien plus à ceux d'un humanoïde qu'à ceux d'un dinosaure. La nécessité décida pour lui : les caisses de stockage et les tentes du secteur paléo regorgeaient de spécimens. Pas question d'y exposer une momie complète. Michèle, la responsable du département d'anthropologie, lui proposa alors une place dans son antre personnel, trop heureuse de pouvoir contempler à loisir la merveille de Guillaume. À la tombée de la nuit, elle lui abandonnait souvent le soin de fermer le local, le laissant seul avec son squelette.

C'était encore le cas ce soir-là. Il le contemplait avec émotion et l'aurait certainement admiré jusqu'au matin si son ami Ahmed n'était pas venu l'enjoindre d'aller se coucher.

Le terrassier égyptien couvait le stagiaire comme une poule son poussin. Il avait lui-même été un étudiant doué de l'Université d'Histoire Ancienne du Caire, mais le manque d'argent ne lui avait pas donné la possibilité de poursuivre jusqu'à l'obtention de son master, et le seul moyen qu'il avait trouvé d'assouvir sa passion pour l'archéologie avait été de se faire engager comme terrassier sur les chantiers de fouilles. Alors qu'un diplôme de journalisme, décroché des années plus tôt, lui aurait permis de vivre convenablement, il passait ses journées à charrier des seaux de sable et à étayer des trous et des galeries. C'était dur physiquement, et on ne pouvait pas dire qu'il gagnait sa vie, mais au moins était-il au cœur des fouilles. En Guillaume, il avait trouvé un compagnon passionné et ouvert au dialogue, désireux de partager son savoir et ses découvertes. Malgré leur différence d'âge – Ahmed entamait sa quatrième décennie tandis que le jeune Français débutait seulement la seconde –, tous deux passaient de longs moments à échanger sur tout un tas de sujets, allant de leur enfance à la politique internationale en passant par les dernières avancées scientifiques. Pourtant, leurs domaines de prédilection restaient les fouilles, l'histoire et les civilisations anciennes. Ahmed parlait de ses projets d'avenir, de ses ambitions. Il espérait pouvoir un jour reprendre ses études, même si la probabilité qu'il y parvînt s'amenuisait au fil du temps, et il aspirait surtout à une vie meilleure, à la reconnaissance. Il s'imaginait vivre à Paris et côtoyer ses modèles, les grands chercheurs et historiens, les conservateurs de musée, etc. Guillaume l'écoutait sans jamais paraître condescendant ni insinuer que son ami s'illusionnait, quand bien d'autres n'auraient pas hésité et l'auraient certainement traité avec mépris. Ahmed en était conscient, aussi vouait-il une profonde tendresse et un respect particulier au jeune homme.

CHAPITRE TROIS

Cette nuit-là encore, Guillaume rêva.

Je flottais dans un brouillard blanc, lumineux, doux et tiède. J'avais déjà fait ce rêve. J'en reconnaissais l'endroit, la sensation. Pourtant, quelque chose me semblait différent. Je ressentais comme une urgence. Et je me souvins de la voix de la première fois. Douce et cristalline, au timbre envoûtant. La voix d'un ange.

— Vous êtes là ? demandai-je.

Pas de réponse.

Si.

Un sanglot. Une plainte étouffée, un gémissement.

— VOUS ÊTES LÀ ? Que se passe-t-il ? Souffrez-vous ? Où êtes-vous ? Puis-je vous aider ?

— C'est dur, c'est si dur, souffla la voix ténue dans un murmure douloureux.

— Comment puis-je vous aider ? demandai-je encore, inexplicablement affolé. Je voudrais vous voir !

— *Tu ne peux…*

— *Quoi, vous voir ou vous aider ?*

Un long soupir se fit entendre, presque un râle d'agonie, puis elle reprit, un peu plus ferme :

— *Je demeurerai prisonnière de ce schème[4] immatériel aussi longtemps que surseoira ma complétion[5]. Et toi seul peux la parachever.*

Je n'y comprenais plus rien, ou en tout cas, encore moins qu'avant, si c'était possible. Et je ne m'expliquais toujours pas pourquoi je persistais à croire que quelqu'un me parlait pour de vrai. Il ne s'agissait que d'un rêve, après tout. Et pourtant, bon sang, je ressentais un besoin irrépressible de connaître la fin de ce songe, ainsi que le visage de celle à qui appartenait cette voix. Si cela provenait bien de ma tête et de mon imagination, rien n'aurait dû m'empêcher de la voir ! Néanmoins, même quand je tentais de toutes mes forces d'évoquer ses traits, je ne distinguais qu'un brouillard blanc. C'était aussi frustrant qu'effrayant.

— *Que puis-je faire ? m'enquis-je en m'adressant autant à mon subconscient qu'à l'ange onirique. Dites-le-moi ! insistai-je, agacé.*

Seul le silence me répondit. Avait-elle disparu ? L'avais-je fait fuir ?

— *Dites-moi qui vous êtes ! hurlai-je, de plus en plus paniqué, étrangement, à l'idée de la perdre.*

---

[4] Disposition, structure, forme.

[5] Action de compléter.

— *Tu dois achever ce que tu as commencé. Je dois être complète.*

— *Mais…*

Se pouvait-il que la voix appartînt vraiment au squelette que j'avais mis au jour ?

— *Ève ?* balbutiai-je, abasourdi, alors que le jour se faisait dans mon cerveau.

— *C'est ainsi que tu me nommes.*

— *Vous êtes réelle ?*

— *Je suis. Autant que tu es.*

— *Êtes-vous un fantôme ? Un esprit ?* demandai-je encore, tremblant.

— *Je symbolise celle que j'étais,* répondit-elle dans un souffle laborieux, *et je garde le passé et l'avenir de mon peuple. Mais tu dois te hâter. Je ne tiendrai point longtemps, désormais que la terre ne me protège plus.*

— *Tu… Vous voulez dire : vos os ? Faut-il que je les remette où je les ai découverts ?*

Une part de moi trouvait stupide d'avoir cette conversation, quand une autre, qui m'était inconnue, la croyait fermement authentique et me poussait à l'action.

— *Non,* refusa-t-elle. *Le temps est venu pour moi. Tu dois me compléter au plus vite.*

Alors, enfin, je compris ce qu'elle attendait de moi.

— *Malheureusement,* murmurai-je, accablé, *le seul os manquant est le fémur que l'on a envoyé à Paris pour analyses. Je ne peux le récupérer.*

— Il le faut. Bientôt, il sera trop tard.

Un hurlement dans la nuit fit bondir Guillaume hors de son lit de camp. Debout au milieu de sa tente, hébété, le cœur battant à tout rompre, il retint son souffle en écoutant les bruits du dehors.

— What's going on[6] ? grommela la voix étouffée de Jorg, son plus proche voisin. Guillaume, are you okay ?

L'étudiant cligna des yeux et porta la main à sa gorge, prenant conscience qu'elle était irritée. D'avoir crié, vraisemblablement. Il avait réveillé ses collègues en sus d'avoir failli faire un arrêt cardiaque. Rouge de honte, il s'empressa de rassurer le géologue norvégien.

— I'm okay, Jorg. Just a nightmare[7].

Son cœur tambourinait toujours et l'angoisse l'étreignait au point qu'il peinait à respirer. Le rêve avait une nouvelle fois été si prégnant que le jeune homme ne pouvait, bien qu'éveillé, se défaire d'un étouffant sentiment d'urgence et de désespoir. Mais était-ce véritablement un rêve ? Guillaume commençait à en douter… Alors, devenait-il fou ? À qui s'en ouvrir ? Le professeur Monnier lui avait déjà fait comprendre qu'il fallait se méfier de l'enthousiasme et des mystères. Ahmed ? Malgré son érudition et sa passion de l'archéologie, des mythes et des légendes égyptiennes, son ami demeurait un croyant musulman pour qui cette histoire friserait l'hystérie et le blasphème.

---

[6] Que se passe-t-il ?
[7] Je vais bien, Jorg. Juste un cauchemar.

Du reste de la nuit, l'étudiant ne put retrouver le sommeil, cependant, au matin, il était déterminé. Il devait coûte que coûte récupérer le fémur de son Ève, et il savait à qui s'adresser afin d'obtenir de l'aide.

— Michèle, est-ce que je peux te parler une minute ? demanda Guillaume en passant la tête par l'ouverture de la tente de travail des anthropologues.

La chercheuse était en train de compulser tout ce qu'elle avait pu trouver sur les plus anciens ossements humanoïdes découverts dans les environs, mais rien ne correspondait, même de loin, avec ce qu'elle avait observé chez Ève. Poussant un soupir résigné, Michèle leva le nez de son écran et esquissa un pauvre sourire fatigué à l'intention de Guillaume. C'était une petite femme svelte, énergique et volontaire. Elle avait été jolie et portait ses cinquante ans avec un naturel et une aisance qui pouvaient être intimidants. Anthropologue réputée, elle avait consacré sa vie à la recherche, sacrifiant à sa passion tout espoir de fonder une famille. Guillaume et elle avaient eu l'occasion de bavarder à plusieurs reprises et d'échanger sur de multiples sujets, depuis un peu plus de deux mois que l'étudiant était arrivé sur le chantier. Ce sont l'ouverture d'esprit de

Michèle et son intérêt pour le surnaturel et l'inexpliqué qui avaient décidé le jeune homme à s'adresser à elle.

— Je n'y comprends rien, maugréa la scientifique. J'abandonne. Ta fiancée est une énigme que je suis incapable de résoudre.

— C'est justement à ce sujet que je voudrais te voir, Michèle, lui confia Guillaume. J'ai besoin de ton aide et… c'est très délicat.

Son interlocutrice plissa les paupières et fronça légèrement les sourcils, aussitôt piquée par la curiosité.

— Vas-y, je t'écoute, tu as une théorie ?

— Mieux que ça, je crois, répondit Guillaume nerveusement. J'ai fait des rêves. Mais je ne suis pas sûr que ce soient des rêves « normaux ».

Michèle haussa les sourcils.

— Continue, le pressa-t-elle.

L'étudiant baissa la tête, gêné, se racla la gorge et passa d'un pied sur l'autre.

— Je suis dans un brouillard blanc, se lança-t-il. Je me sens bien, comme si je flottais. Il fait doux, pas humide comme dans un vrai brouillard. Puis, quelqu'un me parle. Une femme, à ce qu'il me semble, avec une magnifique voix : douce et claire comme celle d'un ange.

— Que te dit cette voix ? questionna encore l'anthropologue, concentrée et inquisitrice.

Elle n'avait pas l'air de le prendre pour un fou, alors Guillaume se jeta à l'eau.

— Elle me demande de l'aide. Elle dit qu'elle est Ève et que je dois rassembler tous ses os afin qu'elle puisse revenir à la vie.

Cette fois, Michèle écarquilla les yeux et le fixa, bouche bée.

— Elle affirme qu'elle est vraiment Ève ?

— Pas celle de la Bible, non. La nôtre… Elle avoue qu'elle ne se souvient pas de qui elle est, mais qu'elle sait *ce* qu'elle est. La gardienne de son peuple. Qu'elle attend là depuis plus de deux cent cinquante millions d'années.

L'anthropologue conserva une expression lisse, ne fronça pas les sourcils, ne rit pas, néanmoins, elle s'évertuait visiblement à maintenir son flegme.

— La nôtre. Ton squelette ? Elle attendait… qu'on la retrouve ?

— Qu'on l'exhume, je suppose, articula Guillaume avec effort. Écoute, je sais que ça a l'air dingue, mais je te jure que je ne t'en parlerais pas si je n'étais pas aussi certain de ce que je raconte.

— Oui, tu sembles bouleversé et ce n'est pas dans tes habitudes, agréa-t-elle.

— Elle veut également qu'on reconstitue son ossature dans son intégralité. Mais le temps presse. Elle dit qu'à présent qu'on l'a sortie, il faut assembler tous ses os au plus vite, sinon elle mourra pour de bon. Et elle souffre, Michèle, si tu l'entendais ! Je ne peux pas le supporter.

— Il faut qu'on récupère le fémur, c'est pour ça que tu as besoin de moi, n'est-ce pas ?

— Pour ça, et parce que j'ai l'impression de devenir fou, pourtant je ne parviens pas à lutter contre la certitude que ce qui m'arrive est réel.

— Que fera-t-elle quand on l'aura reconstituée ? l'interrogea encore la chercheuse. Va-t-elle se couvrir de chair, de peau, et nous ressembler ? Se remettra-t-elle à vivre, parler, marcher ?

— Je n'en ai pas la moindre idée, concéda Guillaume à voix basse. Et je t'avoue que ça me fait un peu peur.

C'était peu de le dire. Il avait sciemment évité d'y penser jusque-là. Il était terrifié rien qu'en songeant à toutes les implications que cela supposait.

— Moi, ça m'intéresse, déclara Michèle, les yeux brillants d'enthousiasme. Au fond de moi, j'ai toujours pensé que nous n'étions pas les seuls, ou pas les premiers.

La réaction de l'anthropologue redonna aussitôt le sourire à Guillaume. Si *elle* y croyait, c'est qu'il n'avait probablement pas fait que rêver. Qu'il n'était peut-être pas fou. Que la femme du brouillard existait bel et bien. Qu'ils auraient l'opportunité de la ramener à la vie. Et surtout : qu'il n'était plus seul !

À partir de ce moment-là, l'anthropologue prit les choses en main. Elle assura Guillaume qu'elle allait tout mettre en œuvre pour l'aider et que sa *fiancée* serait secourue. Elle en faisait sa priorité. La première étape consistait à récupérer le fémur manquant. Ils savaient où ce dernier se trouvait, ils n'auraient donc pas à le localiser. Le problème se résumait plutôt à le faire revenir. Ils avaient tous deux conscience que leur motivation ne suffirait pas à mener leur projet à bien. Seuls, ils ne bénéficiaient d'aucune marge de manœuvre. Monnier étant le directeur du chantier, toutes les décisions importantes passaient par lui. Il leur serait impossible de récupérer l'ossement convoité sans son aide, ou en tout cas, sans son aval, et Guillaume ne se voyait pas du tout annoncer à son supérieur de but en blanc qu'il discutait en rêve avec le squelette. Encore moins que celui-ci lui avait demandé de récupérer l'os de sa cuisse !

— Ne t'inquiète pas, je m'occupe de Pierre, le rassura Michèle en le gratifiant d'un clin d'œil.

Comme Guillaume la regardait descendre vers l'accès à la galerie qui menait aux fouilles, sa nervosité rappliqua au galop et il se mit à arpenter fébrilement l'espace devant l'entrée de la tente d'anthropologie. Puis n'y tenant plus, il y pénétra et tenta d'apaiser son impatience en caressant les ossements d'Ève du bout d'un pinceau. Son esprit vagabondait de plus belle : qui était-elle ? D'où venait-elle ?

Pendant ce temps, Michèle négociait âprement avec le professeur Monnier. Il lui fallut près d'une heure, mais au bout du compte, elle parvint à ses fins.

— Le Centre d'Études Génétiques sera encore là dans quelques jours, finit par concéder l'archéologue. Nous pourrons toujours leur renvoyer le fémur quand vous aurez tenté votre expérience. Attention, ce n'est pas que j'y croie le moins du monde ! précisa-t-il en pointant la scientifique du doigt, mais je sais que tu ne me ficheras pas la paix tant que tu n'auras pas obtenu ce que tu veux. Donc, je préfère gagner du temps et te laisser faire à ton idée.

— Merci, Pierre, tu me connais si bien, sourit-elle, mutine.

Journal de bord - 63ᵉ jour de stage

Elle m'a encore parlé pendant mon sommeil, et cette fois, je suis sûr que c'est la vérité. Qui qu'elle soit, elle doit avoir des espèces de pouvoirs magiques pour être capable d'entrer dans mes rêves alors qu'elle est morte depuis des millions d'années. Mon esprit cartésien s'est fracassé le crâne contre ce qui m'arrive et que je ne peux réfuter. Ok, la magie existe, il y a des choses que l'on ne peut expliquer ! Admettons. Pourtant, si Michèle Da Sienta ne m'avait pas suivi sur ce coup-là, j'aurais supplié qu'on m'expédie à l'asile. Mais voilà... elle me suit, elle me croit, et elle a même réussi à convaincre Monnier de tenter l'expérience : il va faire rapatrier le fémur et on va entreprendre ce qu'elle a demandé. On va reconstruire son squelette à l'osselet près afin qu'elle puisse ressusciter. Seigneur, j'en tremble d'écrire ça !

Les deux jours qui suivirent tinrent du calvaire pour Guillaume. Dans cette attente insoutenable, il ne trouvait le sommeil que de manière erratique, aussi n'avait-il pu recontacter son Ève en songe. Il l'avait bien entendue gémir et sangloter dans les limbes, toutefois elle n'avait plus répondu à ses appels. Fébrile et anxieux, il craignait qu'il ne soit trop tard. Il avait désormais l'impression tenace que l'univers s'écroulerait si elle mourait avant qu'il ait pu la voir. Son univers, en tout cas, car depuis *elle*, plus rien d'autre ne semblait revêtir la moindre importance. Il avait appelé sa mère afin de lui en parler, mais elle lui avait ri au nez. Quelque chose alors s'était brisé en lui, comme une corde trop longtemps tendue.

Dans ses souvenirs, rien, jamais, de ce qu'il avait pu faire, dire ou être, n'avait trouvé grâce aux yeux de sa génitrice. Toujours « trop » ou « pas assez », aucun des efforts titanesques, des concessions et des sacrifices qu'il avait consentis dans l'espoir qu'elle soit fière de lui… ou qu'elle l'aime, tout simplement, n'avait abouti. En raccrochant le téléphone, cette fois-là, il tourna enfin la page sur cette partie de sa vie et s'en trouva à la fois soulagé et broyé.

C'est un Guillaume sombre et agité qui passa sous le rabat de la tente de Monnier, l'après-midi du troisième jour. Le professeur lui désigna un paquet posé sur son bureau.

— Je crois que tu l'attendais avec impatience, mon garçon. Il vient tout juste d'arriver en express par transporteur.

Le cœur du jeune homme s'affola. On y était. Il allait enfin savoir.

— Michèle nous précède, je l'ai déjà mise au courant, reprit Monnier. Allons-y. Autant en finir tout de suite.

CHAPITRE QUATRE

En ouvrant le colis contenant le précieux ossement, Guillaume sentait ses doigts trembler.

— C'est ta *fiancée*, ton invention, c'est à toi qu'elle parle, alors c'est à toi de le faire, avait dit Michèle en prenant les mains du stagiaire dans les siennes avec un sourire encourageant. Simplement, ne sois pas déçu si rien ne se passe, d'accord ?

— J'ignore ce qui serait le pire, murmura-t-il en tournant les yeux vers le squelette incomplet. Qu'il ne se passe rien, ou…

— Nous ne le saurons pas tant que tu n'auras pas essayé, rétorqua la chercheuse d'un ton ferme et déterminé. Nous sommes tous avec toi. Allez, vas-y !

Effectivement, ils étaient nombreux, et cela également lui posait problème. Tout le campement avait tenu à être présent pour son expérience farfelue (comme il avait surpris certains à l'appeler). Et lui aurait tellement préféré être seul. Seul pour le cas où rien ne se passerait. Seul à affronter la honte et le ridicule. Mais surtout seul à la voir, à la découvrir, à l'accueillir… sa *fiancée*.

Il inspira profondément, cessant de tergiverser.

Délicatement, il déplia les couches de papier d'emballage et retira la mousse de protection avant de dégager le long et mince os blanc. Il le tenait, le cœur battant, comme on étreindrait un nouveau-né, un trésor ou une bouteille de nitroglycérine : avec révérence, vénération et d'infinies précautions. Maîtrisant sa respiration, il plaça ensuite le fémur entre le bassin et le tibia du squelette étendu sur le plateau de bois poli, alignant la jambe avec soin et précision. Ceci fait, il se redressa et recula d'un pas. Pas un bruit n'osait troubler la tension du moment, sauf les battements frénétiques dans sa cage thoracique. Il avait l'impression que le boum-boum qui pulsait à ses oreilles résonnait d'un bout à l'autre de la Vallée des Rois. Tous, autour de lui, retinrent leur souffle encore une minute, puis un raclement de gorge brisa les espoirs de Guillaume. Visiblement, il ne se passait rien. Il serait bientôt la risée du camp… et sa *fiancée* ne viendrait pas. Il sentit un bras entourer ses épaules et tourna la tête vers Michèle, qui lui souriait comme une mère sourit à son enfant quand il vient d'apprendre que le père Noël n'existe pas.

— Je suis vraiment navrée, Guillaume, lui dit-elle gentiment.

— Ce n'est pas grave, Michèle, répondit-il en forçant lui aussi ses lèvres à sourire. Je suis un grand garçon.

L'anthropologue eut un rire triste. Elle semblait aussi déçue que lui. Elle accentua brièvement la pression sur son épaule pour attester de son soutien, avant de suivre les autres à l'extérieur, laissant Guillaume avec le professeur Monnier et le squelette inerte. L'étudiant n'avait pas osé lever les yeux sur ses collègues, il ne voulait pas croiser leurs regards narquois ni voir la pitié dans aucun d'eux. Néanmoins, il lui faudrait bien affronter celui de son mentor.

— Cela devait se passer ainsi, Guillaume. Je suis désolé. Ne le prends pas pour une trahison ou de la méchanceté de notre part, à Michèle et à moi, mais nous avons déjà tellement vu d'étudiants exaltés perdre les pédales. Tu avais besoin d'un électrochoc. Tu es trop brillant et prometteur pour que je te laisse gâcher tes capacités. Un scientifique doit garder l'esprit clair et logique. Si tu commences à t'embourber dans des chimères, tu y perdras beaucoup plus que ta fierté, crois-moi.

Le jeune homme ferma les yeux, inspira un bon coup, puis se mit à rire de sa propre bêtise. Comment avait-il pu accorder foi à ces folies, à un simple rêve ? C'est vrai, il s'était laissé dominer par son désir de faire une découverte exceptionnelle.

— Merci, Professeur, concéda-t-il finalement avec un sourire franc. Je vous suis redevable pour l'éternité. J'ai bien compris la leçon, et vous avez eu parfaitement raison. Je n'aurais entendu aucun de vos arguments tant je croyais…

— Allons, n'en parlons plus, tournons la page. Viens, je te paie un café, et après, tu remettras le fémur dans son carton et nous le renverrons à Paris.

— Bon sang, j'ai honte. Quel idiot ! ajouta Guillaume en sortant de la tente… avant de s'effondrer dans la poussière en hurlant, les mains collées sur les tempes.

À genoux, plié en deux par la douleur, l'étudiant n'avait pas cessé de crier quand le professeur Monnier se pencha vers lui et appela à l'aide. Il criait encore au moment où Michèle arriva avec la trousse de secours, et il criait toujours lorsqu'une intense lumière blanche irradia de l'intérieur de la tente. Une seconde à peine, ensuite elle disparut, et Guillaume s'affaissa, inconscient.

Autour de lui, les cris affolés avaient subitement cédé la place à un silence assourdissant. Guillaume gisait à terre, néanmoins, personne ne le lui prêtait plus la moindre attention. Tous les yeux étaient rivés sur l'abattant de la tente dans laquelle on avait laissé le squelette, et d'où la lumière blanche avait émané. Derrière la toile, tous entendaient clairement une respiration et les discrets frottements d'un corps en mouvement. Mais avant que quiconque eût trouvé le courage d'aller voir ce qui se passait, il y eut un bruit de chute, puis plus rien. Monnier ordonna aux ultimes observateurs de se disperser, leur promettant de les tenir au courant. Échangeant un regard troublé avec Michèle, il contourna alors le corps prostré de son stagiaire avant de pénétrer sous la tente, pendant qu'Ahmed et l'anthropologue s'agenouillaient auprès du jeune homme. Guillaume fut tourné sur le côté, la chercheuse posa une paume sur son front et les doigts de l'autre main sur sa carotide… il vivait, pourtant il ne faisait pas mine de se réveiller. Son cœur battait vite et fort, et sa respiration était hachée. Michèle relevait la tête vers Ahmed pour lui demander de l'aider à transporter l'étudiant à l'infirmerie lorsque le professeur ressortit de la tente d'anthropologie, blême et les yeux écarquillés.

— Que se passe-t-il, Pierre ? l'interrogea Michèle.

— Eh bien, il avait raison, répondit le vieil archéologue d'une voix blanche.

— Comment ça ? s'écria sa collègue. Tu veux dire que ça a marché ?

— Viens voir par toi-même.

Pierre Monnier tendit une main tremblante vers le panneau de toile afin de l'écarter. Il était bouleversé, abasourdi, stupéfié… car absolument rien de scientifiquement concevable ne se trouvait de l'autre côté.

Elle gisait, recroquevillée au sol, au pied de la table en bois sur laquelle Guillaume avait reconstitué son squelette. Elle était nue, mais la masse incroyable de ses cheveux recouvrait presque entièrement son corps. Ils étaient bleus, ses cheveux. Du moins, pas tout à fait. Ils formaient plutôt un voile d'argent, chatoyant d'une myriade de reflets bleutés. Ils paraissaient incroyablement lisses, soyeux, vaporeux, irréels. Tout comme la blancheur veloutée de sa peau sans défaut. Ainsi que le dessin parfait de ses mains, de ses pieds, de ses jambes…

Elle ne bougeait pas et ne donnait même pas l'impression de respirer, pourtant elle était bel et bien réelle, autant que l'espace vide sur la planche de bois, où se trouvait un peu plus tôt le squelette d'Ève. Le regard de Michèle passa plusieurs fois de la table vacante à la créature au sol, avant qu'elle parvienne à admettre ce qu'elle voyait.

— Il faut garder ça secret, murmura Monnier.

— Et comment comptes-tu t'y prendre pour « garder ça secret » ? objecta la chercheuse. Il y a au moins dix personnes dans ce camp qui se doutent de ce qui est arrivé.

— Ils n'envisagent certainement pas une chose pareille ! s'exclama-t-il. Comment imaginer un truc aussi dingue ? Non, personne ne doit la voir, et on ne peut parler de rien. À personne. Il faut d'abord qu'on en sache plus, qu'on comprenne ce qui se passe.

— Tu devrais plutôt convoquer tout le monde pour une réunion, s'insurgea Michèle en l'enveloppant d'un regard soucieux. Il y aura moins de fuites et de commérages si tout le monde, sans exception, est informé des faits. Même si on n'a pas encore d'explication, il faut couper court aux rumeurs.

— Tu crois ?

Le professeur avait l'air un peu perdu. Il semblait, en tout cas, parfaitement décontenancé. Lui qui s'était toujours targué d'un esprit grand ouvert, libre d'accueillir les plus invraisemblables révélations… ce qui venait de se produire manquait par trop de plausibilité.

— Qu'est-ce qu'on fait… d'*elle* ? interrogea-t-il encore.

— Laisse-moi m'en occuper, suggéra Michèle. Toi, rassemble tout le monde et expose-leur la situation. Demande-leur la plus absolue discrétion tant qu'on n'en sait pas plus. Propose-leur de passer la voir par petits groupes, s'ils insistent, et surtout, prends des nouvelles de Guillaume !

— Oui. Je vais débuter par ça, d'ailleurs, acquiesça le professeur, soulagé.

Restée seule avec la créature, Michèle commença par s'accroupir à ses côtés. D'une main hésitante, en retenant sa respiration – après tout, bien que la découverte de Guillaume ait une apparence humaine, son ADN n'en avait aucun critère commun. Elle était peut-être dangereuse ! –, la chercheuse effleura les cheveux bleus et les trouva aussi doux qu'ils le promettaient. S'enhardissant, elle entreprit ensuite, avec délicatesse, de dégager le visage encore invisible sous la chevelure. La scientifique ne put réprimer un cri de stupeur devant ce qu'elle découvrit. Les traits graciles étaient indéniablement féminins et auraient pu sembler humains au premier abord, tout comme le reste du corps, si les subtiles singularités qui différenciaient Ève d'une humaine ne s'étaient avérées des plus troublantes. Une en particulier. Elle possédait, certes, cette ossature trop fine, ces membres trop parfaits, ces cheveux trop abondants – et trop bleus –, cette peau trop blanche et trop lisse, cette bouche trop appétissante et ces yeux trop grands bordés de cils trop fournis… mais ce qui provoqua le long frisson dans le dos de Michèle, ce furent les longues oreilles pointues que son geste dégagea !

— *Madre de Dios* ! s'exclama-t-elle dans la langue de sa grand-mère, qui lui venait naturellement quand elle était bouleversée. Se pourrait-il qu'elle soit… quelque chose comme… une elfe ?

Dès lors que la créature ne bougeait toujours pas, l'anthropologue se risqua à lui frôler le visage, du bout des doigts, comme si elle craignait de la briser. La peau était chaude. Ève vivait. Ce constat donna le courage à Michèle de chercher un pouls. Bien qu'elle n'eût pas la moindre assurance de trouver quoi que ce fût y ressemblant… cette femme possédait-elle même des artères, du sang, un cœur ?

Oui, quelque chose pulsait dans sa carotide, comme dans celle de n'importe quel être humain. Incroyable ! La scientifique nota soigneusement cette information parmi toutes les autres, dans un coin de sa tête, avant de poursuivre son investigation.

Après quelques minutes d'examen, elle avait repéré son cœur, à la bonne place, et vérifié qu'Ève respirait… le même air qu'eux. Michèle souhaitait également analyser ce qu'elle expirait, mais pour cela elle avait besoin du matériel qui se trouvait à l'infirmerie. Il leur faudrait d'ailleurs en faire venir davantage du Caire : des appareils plus sophistiqués, en vue des observations et des recherches qu'elle devrait approfondir. En attendant, il lui fallait trouver un moyen de transporter la « créature » discrètement jusqu'à l'infirmerie et de l'y maintenir au secret ou, en tout cas, aussi bien cachée que possible. Avoir ressuscité une femme était une chose (*Dios* ! Et dire que cela ne lui semblait déjà plus tellement incroyable !), mais une elfe de deux cent cinquante millions d'années… Ce serait trop, beaucoup trop à absorber pour la communauté scientifique. Ils allaient devoir leur dissimuler cela pour l'instant.

Furtivement, l'anthropologue jeta un œil à l'extérieur, par le rabat de la tente. Elle espérait réquisitionner Ahmed, à qui elle savait pouvoir faire confiance pour une mission de ce genre. Mais il n'était pas en vue. Et elle se refusait à quitter l'endroit, au risque de voir n'importe qui y faire intrusion et découvrir la… l'elfe, ou quoi qu'elle fût. Puis soudain, elle songea à son ordinateur portable qui se trouvait sur son bureau. Enjambant la « créature », elle atteignit celui-ci et l'alluma sans tarder. On avait beau être au milieu du désert, la connexion Internet était parfaite, grâce aux satellites. Michèle ouvrit son compte Skype et tenta d'appeler le professeur sur son smartphone.

— Monnier, la salua une voix laconique quand il décrocha.

— Pierre, c'est Michèle. Tu en es où ? s'enquit la chercheuse.

— Guillaume est toujours inconscient, mais ses fonctions vitales sont stables. Il a l'air de dormir comme un bienheureux, je ne comprends pas ce qui l'empêche de se réveiller.

— Bon, on s'en préoccupera plus tard, le coupa-t-elle sèchement. J'ai besoin que tu fasses quelque chose pour moi.

— Comment ça se passe dans ta tente ? demanda-t-il, anxieux.

— Je t'expliquerai, éluda Michèle avec impatience. Il faut que tu convoques tout le monde, et j'ai bien dit tout le monde ! Dans le réfectoire. Maintenant.

— Oui, c'est plus ou moins ce que j'avais prévu. On pourrait faire ça ce soir…

— Non ! Tout de suite ! insista-t-elle. Et tu m'envoies Ahmed. Et tu ne dis rien à personne ! Raconte-leur que le squelette s'est volatilisé, qu'il est tombé en poussière, qu'il s'est désagrégé… Invente n'importe quoi, mais ne parle pas de la… de la créature !

— Quoi ?! se récria Monnier, déconcerté. Mais c'est toi qui m'as conseillé de ne rien leur cacher, il n'y a pas un quart d'heure de ça !

— J'en suis consciente, concéda-t-elle plus calmement. Et c'était une erreur. Fais-moi confiance, Pierre. Rassemble-les tous, sers-leur des bobards convaincants, tu sais très bien faire ça, et envoie-moi Ahmed au plus vite. On se retrouve à l'infirmerie quand tu auras fini.

— Je n'ai pas idée de ce que tu mijotes, Michèle, grommela le professeur, mais tes explications à toi ont intérêt à me convaincre, moi !

— Je n'aurai rien besoin de t'expliquer, je crois, lui avoua-t-elle d'un ton doux et un peu angoissé. Tes yeux s'en chargeront pour moi. À tout à l'heure, mon ami.

Et elle coupa la communication.

En attendant l'arrivée du terrassier, l'anthropologue sortit d'une armoire un grand carré de toile épaisse et matelassée, utilisée généralement pour envelopper les sarcophages ou autres grosses pièces très fragiles. Elle le disposa au sol, à côté de celle qu'elle ne pouvait à présent plus se résoudre à appeler Ève, puis elle passa la cordelette de serrage dans les œillets, à la tête et au pied de la toile. Une fois « emballée » dans ce sac improvisé, Ahmed et elle n'auraient plus qu'à la transporter rapidement jusqu'à l'infirmerie, profitant de ce que tout le campement serait réuni dans le réfectoire.

CHAPITRE CINQ

Je rêvais.

Mais le brouillard n'était plus blanc, doux et tiède. Il n'y avait même plus de brouillard. Juste un vide affreux, glacial et saturé de silence. Et pourtant, c'était le même rêve, j'en étais certain. C'était comme reconnaître un vieil ami malgré qu'il ait terriblement changé. Alors, bien que douloureusement conscient de l'absurdité de ce que je faisais, je tentai de l'appeler... Elle.

— Ève ? Êtes-vous là ?

Pas de réponse. Ma voix résonnait dans le silence comme si j'errais à l'intérieur d'un hangar immense. Et je me maudis à nouveau d'être si naïf et stupide.

Puis...

Boum-boum, boum-boum, boum-boum...

Les battements sourds d'un cœur vivant. Pas le mien.

— Ève ! Répondez-moi !

Je criai, toujours incapable d'admettre qu'elle n'existait pas.

BOUM-BOUM, BOUM-BOUM, BOUM-BOUM

Les battements se firent plus puissants, plus clairs, comme s'ils approchaient. J'essayai de percer l'obscurité qui m'entourait, sans succès. Je tentai alors de bouger, mais je ne sentais pas mes muscles. Je ne savais plus si je rêvais ou si j'étais réellement enfermé dans mon corps... Mort ? Dans le coma ? Est-ce cela que l'on ressent après avoir fait un AVC ? Était-ce ce qui m'était arrivé ?

Alors je paniquai.

— À l'aide ! Est-ce que quelqu'un m'entend ?

Je me mis à hurler tel un possédé, terrifié à l'idée d'être à jamais prisonnier du vide.

BOUM-BOUM, BOUM-BOUM, BOUM-BOUM

Encore ce cœur qui n'était pas le mien, plus proche, plus puissant.

— Te voilà. Je t'ai retrouvé.

Cette voix... Sa voix !

— Ève ! Où êtes-vous ? m'enquis-je en essayant de parler calmement, de rassembler ce qu'il me restait de santé mentale. Où sommes-nous ?

— Je suis désolée, répondit-elle d'un ton qui me sembla terriblement dénué d'émotion, je ne pensais pas que tu étais si faible. Est-ce seulement toi, ou êtes-vous tous aussi fragiles ?

— Fragile ? Mais pourquoi ? Que m'avez-vous fait ? m'inquiétai-je, étonné de l'entendre parler si clairement, d'un ton si ferme et maîtrisé.

— *J'ai dû utiliser ta force vive afin de revenir, expliqua-t-elle. Normalement, enfin, pour mon peuple, cela ne pose aucun problème... ce n'est qu'un petit emprunt. Néanmoins, il semblerait que j'aie failli te tuer... Je m'en excuse.*

— *Vous êtes revenue ?! m'exclamai-je, incrédule. Mais votre squelette n'a pas bougé ! Il ne s'est rien passé ! Ce n'était qu'un rêve !*

Soudain, je vis rouge et la colère me saisit. Je hurlai.

— *Ce n'est qu'un putain de rêve ! Une saloperie de cauchemar ! Foutez-moi la paix, quoi que vous soyez ! Allez-vous-en ! Dégagez de ma tête !*

Le silence s'installa, pesant, alors que je tentais de maîtriser les sanglots qui montaient dans ma poitrine et menaçaient de me submerger. Puis la voix reprit, plus douce et chaleureuse.

— *J'aimerais te sortir de là. Je te dois bien cela. Je sais que j'aurais dû mieux te préparer, mais j'étais si faible, j'avais si peur de disparaître et d'échouer. Je n'implore pas ton pardon. À cause de moi, tu as failli mourir et j'ai bien conscience que je ne mérite pas ta clémence. En revanche, je te demande de m'autoriser à t'aider. De me faire confiance, rajouta-t-elle d'une voix hésitante, presque timidement.*

Je ne répondis pas.

Je me laissai pénétrer par ses mots.

Ainsi, elle avait dit vrai depuis le début. Elle existait réellement, et avoir exhumé puis reconstitué son squelette l'avait ramenée à la vie. Elle avait vécu plus de deux cent cinquante millions d'années avant moi. Elle semblait dotée de pouvoirs, comme parler aux gens à travers leurs rêves. Mais qui était-elle ? Plutôt que de le lui demander à nouveau — je me doutais qu'elle ne répondrait pas cette fois non plus —, j'amorçai une approche différente.

— Que fais-tu en ce moment ? la questionnai-je, passant moi aussi au tutoiement.

Après tout, elle me tutoyait bien depuis le début, elle.

— Es-tu avec les autres, au campement ? demandai-je encore.

— J'ai retrouvé mon corps, mais je ne suis toujours pas complètement éveillée. Tes semblables m'ont mise à l'intérieur d'un grand sac et m'ont transportée auprès de toi. Je sens ta présence toute proche, bien qu'insuffisamment immédiate pour me permettre de t'atteindre et de te donner ma force. J'écoute et j'en apprends autant que possible sur ton monde.

— Je suppose qu'on doit être tous les deux à l'infirmerie, mais pas dans la même chambre. Ils t'ont certainement installée dans la salle de consultations, là où ils peuvent te surveiller et pratiquer des analyses.

— *Des analyses ? s'informa-t-elle. Qu'est-ce que c'est ?*

— *Ils vont probablement te prélever du sang... si tu en as, pour comprendre ce que tu es. Et puis de la peau, des cheveux... As-tu... des cheveux ?*

— *Tu aimerais savoir à quoi je ressemble ?*

— *Oui.*

— *Moi aussi, j'aimerais. Savoir à quoi tu ressembles.*

— *Je m'appelle Guillaume.*

— *Nimraëlle.*

— *Alors tu te souviens, constatai-je.*

— *Grâce à toi. J'ai retrouvé mon corps, mon âme, ma mémoire. Mais toujours pas ma vie, ni mon peuple, ni mon avenir. Mon chemin est encore long.*

— *Qui es-tu ? Ou... qu'es-tu ?*

Voilà, j'avais posé la question. Et j'en attendais fébrilement la réponse, à la fois excité et terrifié. Avais-je vraiment envie de savoir ? Et si la réalité n'était pas à la hauteur du rêve ? Mais Nimraëlle résolut le dilemme pour moi.

— *Il n'est pas encore temps... Guillaume, déclarat-elle en prononçant mon nom avec hésitation. Laisse-moi me reposer un peu. Je vais trouver un moyen de t'aider. Je te recontacterai.*

Et elle disparut.

Le vide affreux, glacial et saturé de silence se referma sur moi.

— Docteur Da Sienta, venez voir ! cria Ahmed. Je crois qu'il se réveille.

En effet, le petit moniteur de secours auquel était relié Guillaume, et qui restituait ses constantes sur un écran, indiquait que son cœur battait plus vite et plus fort, et que son activité cérébrale s'était subitement intensifiée. Sa respiration se faisait également plus ample et plus rapide, mais ça, Ahmed pouvait s'en rendre compte à l'œil nu. Au moment où Michèle entrait dans le compartiment de toile, les paupières de Guillaume frémirent puis s'ouvrirent, papillotant à plusieurs reprises.

— Guillaume, l'accueillit-elle calmement, est-ce que tu m'entends ?

Les yeux du jeune homme se focalisèrent sur sa voix, et il tourna la tête vers elle. Il fronça légèrement les sourcils, comme surpris, porta une main tremblante à son front, puis répondit d'un ton très affaibli.

— Michèle. Combien de temps…

— Trois jours, nous nous apprêtions à te transférer au Caire, tu nous as fait une sacrée peur ! lui apprit-elle plus vivement. Ahmed, ajouta-t-elle en se tournant vers le terrassier, peux-tu prévenir Pierre ?

Guillaume attendit que l'ouvrier égyptien ait quitté la tente pour reprendre.

— Et *elle*…

— Elle est à côté. Son état est stationnaire, nous ne comprenons pas ce qui l'empêche de prendre conscience. Nous n'avons guère pu pratiquer d'examens, mais tout a l'air normal, à première vue.

— Trois jours ? Et vous ne l'avez pas encore conduite à l'hôpital ?

L'incrédulité troubla le regard du jeune homme, qui avait déjà bien du mal à se concentrer.

— Vu les circonstances, ce n'était pas… judicieux, je pense. Ç'aurait même été carrément imprudent… tu comprendras bientôt pourquoi. Malgré tout, nous avons essayé de le faire, Guillaume. Mais chaque fois qu'on a tenté de la déplacer, son rythme cardiaque s'est affolé. On a eu peur de la perdre, alors on l'a laissée là, en attendant de trouver une solution.

— Comment… *Il hésita.* Comment est-elle ?

— Tu veux dire, physiquement ? précisa Michèle dont le regard s'était soudain illuminé. Tu ne vas pas y croire. Elle est… elle n'est pas humaine, c'est… indescriptible. Tu vas devoir t'en rendre compte par toi-même.

— Maintenant, lança-t-il fiévreusement.

— Oh non ! objecta la chercheuse. Tu rigoles ?! Tu viens de passer trois jours dans le coma, pas question que tu bouges de ce lit pour l'instant !

— J'ai passé trois jours dans le coma, justement, et failli mourir d'avoir voulu lui rendre la vie. Ça me donne tous les droits de la voir.

Michèle l'observa un instant en silence, perplexe, puis elle hocha la tête avant de s'approcher pour l'aider à se lever. Il avait arraché ses électrodes d'un mouvement impatient et semblait plutôt en forme. Sa peau bronzée avait repris une belle teinte dorée et son regard brillait d'un éclat qui n'était pas dû à la fièvre. Il respirait normalement, ses gestes étaient lents, mais sûrs, et ses lèvres n'étaient plus aussi pâles que lorsqu'il était encore inconscient. Pas après pas, elle le soutint quand il quitta le compartiment pour passer dans celui qui le jouxtait et où l'on avait allongé, sur un autre lit de camp, la « créature ». Dès qu'il la vit, le corps de Guillaume se figea. Il écarquillait les yeux, bouche bée, alors que le tumulte de ses pensées vrombissait dans sa tête. Il l'avait rêvée belle à partir du moment où sa main s'était posée sur son crâne parfait. Il l'avait fantasmée plus belle que la plus belle des actrices de cinéma. Puis il avait songé qu'elle n'était pas humaine, alors il avait conjecturé le pire, l'imaginant verdâtre ou grise, la peau parcheminée, transparente ou épaisse comme une carapace, et de longs crocs sanguinolents sortant de sa bouche. De Charybde en Scylla, son esprit torturé par le désir de savoir avait tout envisagé… sauf *ça*. Car elle était en réalité aussi peu humaine que possible, mais infiniment plus belle que dans ses rêves les plus fous. Des frissons électriques traversaient son corps tandis que ses yeux affamés dévoraient la blancheur de sa peau, la pureté de ses traits, la grâce de son cou, la sensualité de ses lèvres, la longueur de ses cils, la somptueuse invraisemblance de ses cheveux bleutés, et l'adorable incongruité de ses oreilles délicatement pointues.

— Qu'est-elle ? demanda-t-il dans un souffle.

— Qui peut le dire ? lui répondit l'anthropologue. En tout cas, rien de connu, rien de réaliste. Mais mes innombrables lectures de mordue de Fantasy me feraient admettre que ta créature ressemble à une elfe. Qu'en penses-tu, toi ?

— Une elfe, murmura-t-il.

Guillaume laissa ses souvenirs de légendes passées lui revenir.

— Oui, acquiesça-t-il finalement. Ce pourrait être une elfe. Au point où on en est, on pourrait tout à fait imaginer que les fées, lutins, trolls et autres ogres ont réellement vécu sur Terre avant notre ère.

— Alors Tolkien n'était peut-être pas seulement un illuminé, plaisanta Michèle. Crois-tu que des elfes lui ont aussi parlé en rêve, comme à toi ? Et qu'il n'a rien inventé en réalité, mais juste raconté ce qu'ils lui ont appris ?

— J'en doute, assena Guillaume avec un sérieux qui déconcerta sa collègue. Elle dit qu'elle est la dernière de son peuple. Et elle n'a jamais pu entrer en contact avec quelque créature que ce soit avant que je mette la main sur le premier de ses os. C'est ce qui a déclenché notre lien. Elle a attendu pendant tout ce temps…

— Oui, mais elle ne se réveille toujours pas, lui fit remarquer la scientifique. Pourquoi, à ton avis ?

— Je n'en sais rien, répondit le jeune homme pensivement en s'approchant du lit de camp.

Soudain, Guillaume vacilla, la tête lui tournait. Aussitôt, Michèle fut à ses côtés. Elle l'empoigna par la taille et l'aida à s'asseoir au bord de la couchette. Tout près d'*elle*.

Il tremblait, mais ce n'était pas seulement dû à son lever prématuré. Ses mains, surtout, tremblaient. Déchirées entre le désir de toucher et la crainte de profaner. Il resta un moment immobile, les doigts tendus vers la joue diaphane de l'endormie, puis le désir l'emportant sur la crainte, il frôla sa peau, et une incroyable chaleur remonta dans son bras, avant de l'envahir complètement. Une puissante décharge lui traversa le corps de part en part. Cela ne ressemblait pas à de l'électricité, plutôt à… du plaisir. Un raz de marée de sensualité. Il retira vivement sa main, comme s'il s'était brûlé. Il avait chaud, tout à coup, et sentait le désir déferler en lui à la manière d'un tsunami. Qu'est-ce qui lui arrivait ? Il n'était pas un moine, loin s'en fallait, néanmoins, jamais il n'avait réagi si violemment au contact d'une femme, aussi belle fût-elle.

— Que se passe-t-il, Guillaume ? l'interrogea Michèle qui l'observait attentivement. Qu'as-tu ressenti ?

— Hein ? Heu… rien, bafouilla le jeune homme gêné. Un coup de jus électrostatique, ça me le fait tout le temps.

— Mmh, marmonna-t-elle, pas dupe, mais décidée à attendre encore un peu avant d'exiger une vraie réponse.

Guillaume, quant à lui, n'avait pas quitté l'elfe des yeux et s'était aperçu que ce contact avait rosi ses joues, à elle aussi. L'avait-elle vraiment senti ? Avait-elle ressenti… la même chose que lui ? À cette idée, il rougit de plus belle et n'eut dès lors qu'une envie : retenter l'expérience. D'un mouvement lent et attentif, il approcha à nouveau sa main de la joue délicate et la prit en coupe dans sa paume. Instantanément, une autre puissante lame de plaisir le submergea et l'inonda, prenant naissance au creux de ses reins pour ensuite gagner tout son corps… et en particulier, une zone trop exposée à son goût, vêtu comme il l'était. Suite à sa perte de connaissance, il avait été déshabillé afin d'être soigné. On ne lui avait laissé que son caleçon et une chemise d'hôpital ouverte dans le dos. La sensation était si forte qu'il craignit un instant de perdre tout contrôle, aussi écarta-t-il sa paume une seconde fois, tout en tirant sur la pauvre camisole pour tenter de masquer son trouble. Malheureusement, son amie n'était pas plus aveugle que naïve.

— Eh bien, on dirait qu'elle te fait de l'effet ! s'esclaffa-t-elle. Oh ! Mais tu rougis ?

— Fous-moi la paix, Michèle, tu veux ?! grogna-t-il en retour. Va plutôt me chercher un pantalon, ce me sera plus utile.

— Quel caractère ! feignit-elle de s'emporter. Où donc est passé l'étudiant doux et posé que j'ai connu ?

— Je crois qu'il a disparu, répondit-il avec tout de même plus de gentillesse. J'ai dû le laisser dans le monde des rêves, avec l'enfance.

Michèle ne rétorqua rien. Elle le fixa seulement d'un regard où la surprise se mêlait à la compassion et à la fierté. Elle aurait tant aimé avoir un fils tel que Guillaume. Fort et fragile à la fois, honnête et courageux, si vivant. Mais son métier avait été son seul amant et son unique enfant. Brusquement, elle ressentit avec violence le vide de sa vie, et la tristesse l'écrasa sous son talon, comme une coquille de noix dont le fruit a pourri.

Pierre Monnier la tira de ses sombres pensées en ouvrant le rabat extérieur de la tente. Quelques secondes plus tard, il entrait dans le compartiment, un franc sourire plaqué sur les lèvres.

— Guillaume ! lança-t-il d'une voix forte. Tu es enfin réveillé ! Mais était-ce bien prudent de le laisser se lever si tôt ? s'informa-t-il auprès de Michèle.

— Je n'ai rien pu faire contre cette tête de mule ! déclara cette dernière en couvant le jeune homme d'un regard maternel. Il tenait absolument à la voir, et c'est légitime, tu ne crois pas ?

Le professeur fronça les sourcils en observant le garçon qui restait fasciné par la créature étendue à ses côtés. Guillaume n'avait pas répondu à son salut, ne s'était même pas tourné vers son mentor. Il ne l'avait pas quittée des yeux, *elle*.

Journal de bord – 70ᵉ jour de stage

Pas de rapport de fouilles ces derniers jours… j'étais dans le coma parce que j'ai failli mourir en tentant de ressusciter une « elfe » de plusieurs millions d'années ! Ouais, dit comme ça, ça en jette, hein !? Bon, la bonne nouvelle : je ne suis pas fou. Tout était vrai, elle me parlait bien en rêve, et elle attendait de moi que je lui rende la vie. La mauvaise nouvelle : je n'ai pas été fichu de m'en acquitter correctement. Apparemment, ça aurait dû être une promenade de santé, mais je n'ai pas été assez costaud pour supporter ce que n'importe quel couillon elfique subirait sans même s'en rendre compte. Je n'arrive pas à décider si je suis plus dégoûté qu'en colère, ou l'inverse. En tout cas, je ne lui ferai pas faux bond une seconde fois. Elle est à moi.

CHAPITRE SIX

Les souvenirs lui revenaient. De plus en plus nombreux. De plus en plus précis. Au fil des heures et des jours, elle retrouvait son passé dans les moindres détails. Pourtant il ne s'agissait que d'informations : on aurait dit un film qui raconterait la vie de quelqu'un d'autre. Les émotions qui auraient dû aller avec les images lui faisaient défaut. Ainsi, elle se remémorait à présent parfaitement qui elle était, ses parents, sa famille, l'existence qu'elle avait menée autrefois, ceux qu'elle avait connus. Mais aucun sentiment n'accompagnait ces réminiscences. Son passé lui semblait… étranger.

À l'inverse, chaque détail des conversations oniriques partagées avec Guillaume vibrait et brûlait dans son esprit avec la force d'une flamme de vie. Instinctivement, elle avait compris que sa nouvelle existence était intimement liée à celle de cet être inconnu, même si elle ne saisissait pas encore de quelle manière ni dans quelles proportions. Le trouble et l'émoi qui l'envahissaient chaque fois qu'elle pensait à lui, ou quand elle entendait sa voix, lui étaient étrangers. De sa vie d'avant, elle ne conservait le souvenir d'aucun sentiment de ce genre, et cela la grisait tant qu'elle avait l'impression d'être aujourd'hui plus vivante que jamais. Alors même qu'elle n'était encore qu'à moitié réincarnée.

Cette émotion nouvelle était la raison pour laquelle elle avait stoppé sa Renaissance avant que celle-ci fût achevée. Dès qu'elle avait senti Guillaume faiblir dangereusement et compris qu'il risquait de mourir, elle avait aussitôt cessé de puiser en lui. De crainte de voir s'envoler sa seule chance de renaître, mais également terrifiée à l'idée de le perdre, lui. Du coup, elle demeurait pour l'heure prisonnière de son corps. Vivante à moitié. Pourtant, cela ne l'affolait pas. Pas encore. Elle trouverait bien une solution en cherchant dans l'immense bibliothèque de souvenirs qu'elle avait à sa disposition. Elle découvrirait un moyen de terminer sa Renaissance sans utiliser Guillaume. Et il serait là, à l'attendre, quand elle ouvrirait les yeux.

À l'époque où Nimraëlle était née pour la première fois, la Terre s'appelait Ammenorath. Il n'y avait alors qu'un seul continent, gigantesque, entouré d'océans sauvages. Les espèces qui se partageaient Ammenorath étaient aussi diverses et variées que celles qui peuplent à présent la planète. Mais aucune n'était commune aux deux âges. Nimraëlle se souvenait de son peuple, les elfes, qui habitaient les hautes forêts tempérées. Elle revoyait les nains et les gnomes, qui vivaient dans les zones montagneuses avec les dragons. Les fées et les lutins hantant les bosquets ; et les prairies où marchaient les centaures. Et puis, elle se rappelait les ogres et les orcs, maraudant partout où ils pouvaient répandre la souffrance et la désolation. Ceux-là ne lui manqueraient pas dans cette nouvelle vie. Pourtant, aussi nuisibles fussent-ils, la fin d'Ammenorath ne leur était pas imputable. Ils avaient péri, rayés de la carte au même titre que toutes les autres espèces, y compris les si puissants dragons. Et s'il restait une maigre chance que l'héritage des elfes fût sauvé, elle pesait tout entière sur ses seules épaules... Nimraëlle se remémora douloureusement cette période tragique.

Quand le feu du ciel s'abattit sur Ammenorath, plongeant le monde dans le chaos, plus de la moitié des créatures qui la peuplaient disparurent. Broyées par un tremblement de terre, noyées dans une inondation, brûlées au cœur d'un incendie ou sous la lave d'un volcan fou. Au milieu de ce cataclysme que nul, pas même le plus grand mage des elfes, pas même le plus vieux seigneur des dragons, n'avait su prévenir, Llionann, la reine des elfes, fit preuve d'un sang-froid exemplaire. Elle appela à elle tous ceux qu'elle put atteindre par l'esprit, presque tous les elfes encore en vie. Puis, pendant qu'ils accédaient au cœur de la forêt sacrée, elle prépara, avec l'aide de ses mages, les sorts qui sauveraient leur héritage. Quand tout fut prêt, alors que l'apocalypse était sur le point d'engloutir les derniers vivants, il ne restait que mille cinq cents elfes. Les ultimes survivants d'un peuple glorieux. Juste avant d'expirer, chacun d'eux vint confier son âme à Llionann, déversant en elle son essence magique et tous ses souvenirs. Au fur et à mesure qu'ils se vidaient de toute force vitale et mouraient, leur reine se gorgeait de puissance, de savoir et de magie. Elle devenait le calice, dépositaire de l'héritage de tout un peuple. Pendant ce temps-là, les mages tissaient un autre sort sur le cœur de la forêt sacrée. Un enchantement d'une puissance jamais osée. Cet endroit agirait désormais à la manière d'un aimant pour toutes les formes de vie qui parviendraient à se relever du chaos, et ce, aussi longtemps que l'héritage des elfes demeurerait en sommeil. La reine Llionann conserverait en elle l'essence et la mémoire de son peuple, afin de lui offrir une chance de revivre dans un futur plus clément.

Parmi ses souvenirs, Nimraëlle se revit, si jeune, si pleine de vie et d'espoir, attendant avec foi que vînt son tour de confier son âme à sa souveraine bien-aimée. Il ne restait plus devant elle que les mages. En tant que servante personnelle de Llionann, elle devait la soutenir et pourvoir à ses besoins jusqu'au dernier instant. La reine était très âgée et, à ce moment-là, son millénaire d'existence pesait lourdement sur son organisme. L'afflux démentiel de pouvoir et de savoir se faisait de plus en plus insupportable pour la vieille elfe. Nimraëlle s'en rendait bien compte, toutefois qu'aurait-elle pu y faire ?

Enfin vint le tour de l'ultime haut-mage, Novor Othran, le conseiller de Llionann. La jeune servante ne l'avait jamais apprécié. Il lui faisait même un peu peur. Sans doute à cause de la froideur dans son regard, ou de l'ambition démesurée qu'elle y lisait. Quand il s'était approché de sa souveraine, il avait observé Nimraëlle d'une étrange manière. Une scrutation presque intime, comme s'il avait su quelque chose sur elle… alors qu'ils s'étaient à peine croisés quelques fois. Il avait paru sur le point de lui parler, ce qui était ridicule. Un haut-mage ne s'abaissait pas à s'adresser à une servante. Même en plein cataclysme. Et d'ailleurs, qu'aurait-il bien pu lui dire ?

Se détournant d'elle, il avait posé ses mains sur celles de Llionann et déversé son essence magique dans le corps de la reine, avant d'expirer à son tour. Llionann s'était alors effondrée, livide, mourante, le souffle rauque.

— Majesté ! s'était écriée Nimraëlle, affolée.

La jeune elfe s'était agenouillée à côté de sa souveraine et avait tenté de l'aider à se relever.

— Majesté, vous devez terminer ! Vous devez recueillir mon essence et nous garder tous avec vous, ne lâchez pas prise, je vous en supplie ! Tenez bon !

— Nimraëlle, ma fille, avait murmuré Llionann. Je n'y arriverai pas. Je suis trop vieille, trop faible. Je me suis fourvoyée.

— Non, c'est impossible, vous ne pouvez pas tout laisser tomber maintenant !

— Comprends-moi bien, Nimraëlle, avait péniblement chuchoté la reine. Afin d'accomplir la Renaissance de notre peuple, il me faudra donner à chaque âme un nouveau corps à habiter. Pour peu qu'il y ait des êtres qui nous ressemblent dans cet avenir inconnu. Je suis terriblement vieille et épuisée. C'est d'un organisme jeune, fort et vif dont a besoin notre héritage.

— Que voulez-vous dire ? avait interrogé la servante d'une voix blanche, le visage pâle, effrayée de comprendre.

— C'est toi qui dois sauver notre peuple, et le porter vers demain, Nimraëlle.

— Non, Majesté, je ne peux pas faire ça ! s'était-elle exclamée. Je ne suis rien !

— Tu es tout ce qu'il reste du plus glorieux des peuples, Nimraëlle. En ce moment, tu ES le peuple. Tu es ce que nous avons de plus précieux. Et surtout, tu es notre ultime espoir.

Nimraëlle, toujours prisonnière de ses souvenirs, revécut la peur de ces derniers instants, l'angoisse vrillant ses entrailles, la solitude amère face à sa destinée. Car elle n'avait pu l'ignorer ni même s'en détourner. Puisqu'elle avait été la seule solution quand la reine se mourait.

— Dites-moi ce que je dois faire, avait-elle finalement concédé, d'une voix glacée par la conscience aiguë du manque d'alternatives.

Llionann lui avait expliqué de quoi il retournait, usant ses dernières forces à préparer cette humble servante à la tâche invraisemblable qui serait la sienne. Puis elle lui avait transmis tout ce qui subsistait de l'héritage des elfes, l'essence magique, l'âme des mille cinq cents restants d'entre eux. Enfin, elle avait rendu son suprême soupir, laissant Nimraëlle seule face au néant. La terreur avait d'abord manqué d'anéantir la jeune cameriste. Puis la mémoire des elfes en elle s'était éclose, et elle avait eu accès, soudain, à un incommensurable savoir. Alors, avec courage, sagesse, et un calme qu'elle ne se connaissait pas, elle avait déclenché le processus final. Elle s'était endormie pour une infinité de siècles en serrant dans ses os son peuple bien-aimé.

Revenant au présent, parce qu'elle refusait de s'appesantir sur la longue attente qui avait suivi sa « mort », Nimraëlle ouvrit la grande bibliothèque du savoir elfique et commença à s'enquérir d'un moyen de rendre sa vie à Guillaume, puis d'accomplir sa Renaissance sans drainer la force vitale de l'humain… si une telle chose était possible. Après des heures de concentration, Nimraëlle dut admettre que le problème n'était pas tant l'existence ou non d'un tel sort, que la probabilité de le découvrir dans l'incommensurable fatras que représentait la mémoire des elfes. Car si les connaissances abondaient, aucune nomenclature ne les répertoriait. Rien n'était trié, classé, rangé, et elle n'avait d'autre solution que d'errer de souvenir en souvenir dans l'espoir de tomber par hasard sur ce qu'elle cherchait.

Elle en était à désespérer, errant sans but parmi les milliers de sorts, de talents et de pouvoirs à sa disposition, sans en trouver un seul capable de lui être utile, quand elle perçut une étrange distorsion dans sa conscience. Une vague douleur, telle une déchirure, un vide. Laissant ses recherches de côté, elle sonda ses perceptions, ses sensations, et découvrit rapidement la source de son malaise. Sa connexion avec Guillaume s'était subitement affaiblie. Elle n'était pas coupée, mais étirée à l'extrême, elle lui apparaissait à présent ténue et transparente. Paniquée, Nimraëlle sentit d'abord son cœur s'affoler, juste le temps qu'elle reprenne son empire sur elle-même et se mette à réfléchir.

Bien sûr, il est enfin réveillé, pensa-t-elle. *Il n'a pas eu besoin de moi pour cela, tout compte fait*. Ce poids en moins sur la conscience, puisque Guillaume était, semblait-il, sauvé, elle allait pouvoir se consacrer pleinement à sa propre renaissance. *Somme toute,* se dit-elle encore, *il vaut mieux qu'il s'éloigne et que cette connexion disparaisse.* Cela serait plus simple pour elle. Elle réfléchirait plus aisément sans lui. Elle ne comprenait pas encore comment, pourtant cet humain réussissait à parasiter ses pensées d'une manière… dérangeante. Oui, elle retrouverait sa sérénité s'il disparaissait de sa tête. Elle frôla encore du bout de l'esprit les bords du vide où s'était trouvé Guillaume et constata qu'il était toujours là sans y être, comme un fantôme. Elle s'habituerait à son absence. Après tout, elle ne le connaissait pas vraiment. Elle n'avait pas eu le temps de s'attacher.

Alors qu'elle allait se remettre à ses recherches, elle fut à nouveau dérangée, mais physiquement, cette fois. Ses oreilles percevaient des voix sans encore parvenir à comprendre les mots. Elles étaient proches, l'elfe entendait parfaitement les sons qu'elles émettaient : graves et chauds pour l'une, ronds et plus aigus pour l'autre. Puis il y eut un mouvement tout près d'elle, un poids enfonça le matelas sur lequel elle était étendue, juste à côté de sa hanche. Une chaleur en émanait. Un corps ? Qu'allaient-ils encore lui faire ? On l'avait déjà palpée, piquée, soulevée, retournée, et pour quoi ? Comprendre ce qu'elle était, selon Guillaume ? Contrariée, elle attendit, mais plus rien ne se passait. Celui ou celle qui semblait s'être assis près d'elle devait se contenter de l'observer. Quelle tête pouvait-elle avoir ? Était-elle redevenue celle qu'elle avait été ? Ou avait-elle changé ? Pour le savoir, il lui faudrait renaître bel et bien.

Elle sentit la chaleur sur sa joue avant même le contact, bref, intense, brûlant. Comme une décharge d'adrénaline, une vague de feu qui se propagea dans tout son corps. La sensation était si inattendue et si nouvelle pour elle qu'elle en eut le souffle coupé. Cela n'avait duré qu'un centième de seconde, et déjà elle attendait, frissonnante, que le phénomène se reproduise. Tout entière concentrée sur ce qu'elle percevait de l'extérieur, elle reconnut la source tiède qui approchait de sa joue, si lentement que c'en était exaspérant. Puis encore une fois, le contact, tendre, merveilleux. Tellement doux et chaud qu'il lui rappela l'enfance, quand elle se blottissait dans les bras de sa mère, qu'elle écoutait son rire et les refrains qu'elle fredonnait. D'un autre côté, ce toucher dégageait une telle force, une sensualité si brute, un tempérament si imposant qu'il lui évoqua un abri inviolable, un rocher inébranlable et qui ne serait que pour elle.

Cette fois, la pression s'attarda davantage. Les souvenirs de Nimraëlle lui disaient que ce pouvait être l'effet de la paume d'une main qui aurait pris sa joue en coupe, comme le fait un amant avant d'embrasser celle qu'il aime… ce devait être une erreur. Après tout ce temps, certaines parties de sa mémoire étaient sans doute faussées. Malgré sa perplexité, Nimraëlle goûta pleinement les sensations qui lui étaient offertes, si nouvelles, si délicieuses. Puis quand le toucher fut rompu et que la chaleur s'éloigna, elle gémit intérieurement. Elle sentit son corps se tendre malgré elle vers l'objet de ce bien-être trop fugace. Il fallait qu'elle trouve le moyen de renaître, absolument ! Elle voulait revivre ça, comprenant qu'elle avait autant besoin de contact physique et d'émotions que d'air à respirer. Et puis, bien qu'ils l'aient examinée sous toutes ses coutures, les êtres dont elle dépendait ne l'avaient pas encore nourrie, et elle commençait à avoir faim.

Tirant Guillaume de ses songes, Pierre Monnier posa une main sur son épaule.

— Alors, mon garçon, est-elle aussi jolie que dans tes rêves ?

— Je n'aurais jamais osé l'imaginer ainsi, Professeur. Elle est indescriptible.

— Oui, c'est précisément le problème, ironisa Monnier. En fait, c'est toute cette affaire qui est indescriptible. Un foutu ramassis d'embrouilles de premier ordre. J'ignore dans quoi tu nous as fourrés exactement, mais on y est jusqu'au cou, et… je n'échangerais ma place pour rien au monde !

L'archéologue couvrit l'elfe d'un regard admiratif avant de revenir à l'étudiant. Son visage avait retrouvé l'air grave et soucieux qu'il arborait depuis plusieurs jours.

— Trop de questions sont encore sans réponse et le temps presse, expliqua-t-il. Les langues commencent à se délier, les autorités, nos mécènes, tout le monde veut savoir ce qui se passe ici. Nous allons avoir besoin de ton aide.

— Et que pensez-vous que je sois en mesure de faire, Professeur ? l'apostropha Guillaume d'un ton un peu trop acerbe.

— Écoute, nous te devons des excuses pour ne pas t'avoir cru, c'est vrai. Mais mets-toi à notre place. Comment pouvions-nous entériner de telles… énormités ? Maintenant, nous sommes forcés d'admettre, devant les faits, que tu avais vu juste à propos de certains éléments : la créature a repris corps. C'est indéniable, j'en ai la preuve sous les yeux, donc… Bref ! Par conséquent, je me dois de supposer que tu avais également raison sur les autres points. Et crois bien que je n'essaie pas de te dénigrer ! Tout cela est seulement beaucoup trop inconcevable pour un vieil homme de sciences comme moi.

Monnier paraissait si las et désorienté que l'étudiant le prit en pitié.

— Ça l'est pour moi aussi, Professeur, se radoucit Guillaume. Depuis le début. Dites-moi plutôt ce que vous attendez de moi, j'essaierai de vous aider de mon mieux, bien que je ne voie pas trop en quoi je pourrais vous être utile.

— Tu disais qu'elle te visitait en rêve. Qu'elle s'adressait à toi.

— Oui, c'est vrai. Elle m'a encore parlé quand j'étais inconscient. Elle s'est excusée d'avoir pris ma… force vitale, il me semble, afin de « renaître ». C'est le terme qu'elle a employé, oui. Elle croyait, apparemment, que j'en aurais suffisamment pour la faire revenir complètement à la vie.

— Suffisamment de quoi ? demanda Michèle.

— Ben, de cette « force vitale » qu'elle a évoquée. Elle a expliqué qu'elle ne pensait pas que je serais aussi fragile et m'a demandé si c'était le cas de tous mes semblables.

— Elle t'a dit ce qu'elle était, elle ? le questionna encore Monnier.

— Non, mais elle m'a révélé qu'elle était la gardienne de l'héritage de son peuple, un truc comme ça. Je n'en sais pas plus, en fait. Elle s'est excusée. Elle m'a promis qu'elle tenterait de me sortir de là, de mon coma. J'ignore si c'est elle qui m'a ramené.

— Je n'en sais rien non plus, convint Michèle, songeuse. Qui peut dire de quoi est capable une telle créature ?

— Je ne peux pas vous en apprendre davantage, reprit Guillaume, elle ne m'a rien confié d'autre.

— Tu ignores donc comment faire pour qu'elle se réveille ? insista le professeur.

— C'est ça, dut reconnaître Guillaume après un temps de réflexion. Mais peut-être pourrais-je la recontacter en rêve…

— Excellente idée ! s'exclama Monnier. Retourne te coucher, essaie de te rendormir.

— Pas question ! intervint brutalement Michèle. Ce pauvre garçon n'a rien avalé de solide depuis trois jours. Je vais prévenir la cantine qu'ils ne lésinent pas sur le menu, pour une fois. Guillaume doit d'abord faire un bon repas, prendre une douche, marcher un peu, puis *s'il le souhaite*, il pourra se reposer. Et s'il s'endort, il pourra tenter, *s'il le désire,* de recontacter la créature.

— Nimraëlle, rectifia Guillaume.

Prononcer son prénom à voix haute était une caresse pour son cœur. Le sentir rouler sur sa langue, entre ses lèvres, puis l'offrir à l'univers s'apparentait à une expérience mystique. Elle l'obsédait et il n'était plus rien sans elle. Cela aurait dû le terrifier.

— Nimraëlle… c'est son nom ? s'exclama Michèle. Quel prénom magnifique !

— Tout en elle l'est, n'est-ce pas ? murmura Guillaume.

CHAPITRE SEPT

Ce n'est qu'en pénétrant sous la tente-réfectoire que le jeune homme se rendit compte à quel point il était affamé. L'odeur de pain azyme tout juste sorti du four, de viande grillée et de fruits sucrés fit gronder douloureusement son estomac, et il dut se faire violence pour ne pas se jeter sur la nourriture. Manger fut une véritable résurrection. Il engloutit les plats qu'on lui présentait comme jamais avec son appétit d'oiseau coutumier et n'eut vraiment l'impression d'être rassasié qu'après trois énormes assiettes de couscous, une galette entière de pain tartiné de fromage de chèvre et un plein panier de fruits.

Subséquemment à cette orgie, il se sentit plus fort et plus solide que jamais depuis son arrivée en Égypte. La vie dans le désert était passionnante, cependant il fallait bien avouer que les levers aux aurores, le travail au fond des grottes humides ou sous un soleil de plomb et des températures inhumaines, l'eau suspecte et la nourriture frugale avaient petit à petit prélevé leur tribut sur son corps pourtant athlétique. Résultat, il avait perdu du poids et s'était affaibli sans en prendre conscience. Ce que Nimraëlle lui avait *emprunté* pour reconstituer son organisme ne l'aurait pas plongé dans le coma s'il avait été en pleine possession de ses moyens, Guillaume en était persuadé. Et quand il reprendrait contact avec elle, il ne manquerait pas de le lui dire. Puis il la convaincrait de puiser à nouveau en lui afin de terminer ce qu'elle avait commencé. Mais pour l'heure, il allait consacrer ce qu'il restait de jour à marcher dans les dunes. L'air doux du soir tombant lui ferait le plus grand bien, et il était impatient de contempler le coucher du soleil.

Un vent léger soulevait le sable, l'envoyant tourbillonner autour des pieds nus du jeune homme, tout comme tourbillonnaient les mèches sombres de ses cheveux autour de son visage. Il ferma les yeux, laissant courir sur lui la sensation merveilleuse de l'immensité du monde. Il aurait tellement voulu partager cet instant avec Nimraëlle. Il l'imaginait ressentant pour la première fois depuis tant de millions d'années la caresse du vent sur sa peau, la brûlure du soleil, le sable crissant sous ses pieds, les odeurs de la nuit… Comme il avait hâte de redécouvrir tout cela à travers elle. Il l'observerait pendant qu'elle apprivoiserait le monde à nouveau, il lirait ses pensées dans son regard. Son regard. Bon Dieu, de quelle couleur pouvaient bien être ses yeux ? Et le son de sa voix ? Serait-ce le même que dans les rêves ?

Quand l'astre du jour fut enfin couché, et que Guillaume eut rassuré tous ses collègues et camarades sur sa santé, il trouva son ami Ahmed qui l'attendait devant sa tente. Celui-ci profita des derniers instants de calme avant que le jeune homme ne s'endorme pour évoquer l'avenir. Depuis le début de sa découverte, Guillaume refusait de se projeter. Il craignait tellement les désillusions qu'il préférait ne rien espérer. Toutefois, Ahmed le força à regarder les choses en face. Quoi qu'il advienne de la créature – Nimraëlle ! le corrigea son ami en fronçant les sourcils, mais le terrassier ne releva pas –, la vie de l'étudiant ne serait plus jamais la même. Il avait soulevé plus d'interrogations sur leurs origines qu'aucun autre scientifique à ce jour. Il allait forcément se retrouver dans la lumière, qu'elle soit brillante ou qu'elle le brise. Ahmed connaissait la fragilité de l'étudiant, il savait que ce dernier ne supporterait pas la pression médiatique, bien qu'il s'en défendît.

— Si tu le souhaites, si tu en as besoin, je serai là. Tu peux compter sur moi, lui assura l'Égyptien. Avant mon cursus d'archéologie, j'ai étudié le journalisme, je te rappelle. J'ai une certaine expérience dans ce domaine. Je ne les laisserai pas t'écraser.

Guillaume l'observa un moment en silence, un peu abasourdi. Ces considérations ne l'avaient même pas effleuré, néanmoins, il n'était pas suffisamment naïf pour ne pas comprendre qu'Ahmed avait raison. Il n'avait aucune envie de se voir placé sous les projecteurs, sur le devant de la scène, et oui, il aurait besoin d'aide. Il tendit la main vers son vieil ami et lui empoigna l'avant-bras, scellant ainsi leur pacte. Il sourit ensuite sans un mot, détourna le regard et revint à sa préoccupation initiale.

Quand il rejoignit Michèle et Pierre Monnier à l'infirmerie, Guillaume était prêt à retrouver sa *fiancée*. Ce mot qui avait presque été une boutade résonnait à présent en lui comme une promesse de brûlure… elle pouvait le consumer ou l'enflammer.

— Te sens-tu d'attaque, mon garçon ? s'enquit Monnier.

— Oui, mais je voudrais dormir à côté d'elle.

— Pourquoi cela ? s'enquit le professeur d'un air taquin. Penses-tu que la toucher facilitera le dialogue ? Tu veux peut-être une couchette biplace ?

— Non, ce n'est pas ça. Je souhaite juste être près d'elle, commença l'étudiant, agacé. Je ne compte pas la violer dans son sommeil ! cracha-t-il ensuite d'une voix pleine de colère, alors qu'il surprenait un regard concupiscent de Monnier vers Nimraëlle.

Le jeune homme ne se serait pas imaginé du genre jaloux, toutefois la seule idée que le vieux professeur puisse désirer *sa* femme – parce qu'elle était à lui ! – l'avait soudain plongé dans une rage incontrôlable.

— Je n'ai jamais insinué une chose pareille, Guillaume ! se défendit Monnier. Je ne te connaissais pas aussi susceptible. Qu'est-ce qui t'arrive, enfin ?

— Rien, je suis désolé, Professeur, s'excusa l'étudiant. Je me sens juste un peu nerveux, ces temps-ci. Et je m'inquiète pour elle.

Michèle, bien qu'exaspérée par leur attitude puérile, à l'un comme à l'autre, n'osa cependant pas rompre le silence un peu tendu qui régna durant quelques longues secondes entre les deux hommes.

— Oh, et puis tu as raison, concéda Monnier. Nous aurons plus de facilité à vous surveiller si vous êtes ensemble, dans la même pièce.

— À veiller sur eux, Pierre, intervint l'anthropologue avec douceur. Pas à les surveiller.

— Je parlais de surveillance médicale, répliqua sèchement le professeur, fatigué qu'on le contredise à tout bout de champ.

— Ok, c'est bon, tempéra Guillaume en levant les mains. Je vais chercher mon lit de camp, surveillez ce que vous voudrez, mais ne me réveillez pas, quoi qu'il arrive. Laissez-moi gérer.

Le jeune homme s'installa à côté de Nimraëlle, assez près pour pouvoir la toucher en tendant le bras, et Michèle apporta un fauteuil de toile qu'elle déplia de manière à se trouver face aux deux endormis. Elle désirait être témoin de la moindre chose, un mouvement, même infime, un changement quelconque dans l'attitude ou dans l'état de l'elfe. Et puis, elle espérait pouvoir agir au cas où Guillaume serait en danger, même si là-dessus, elle ne se faisait guère d'illusions.

J'y étais à nouveau, dans le rêve blanc. J'en retrouvais la sensation, la douceur, la lumière.

— Nimraëlle ! l'appelai-je. Es-tu là ?

— Guillaume.

Sa voix claire était pigmentée de doute, d'incrédulité. Croyait-elle que je l'avais abandonnée ? Mon sang s'échauffa.

— Je suis revenu te chercher, Nimraëlle. Explique-moi comment faire pour te ramener.

— Alors, tu es réveillé. Tu es sauf. C'est bien.

Elle avait l'air soulagée, mais résignée aussi. Une pointe glacée se ficha dans mes entrailles, provoquant des frissons le long de mon dos. L'angoisse. La peur.

— Nimraëlle, comment puis-je te ramener ? Il faut terminer ce qu'on a commencé. Tu dois renaître, assenai-je fermement.

— Tu as failli mourir, Guillaume. Mon but n'est pas de prendre ta vie afin de sauver la mienne. Même pour mon peuple, je ne le ferais pas. C'est contraire à nos valeurs. Chez les elfes, la vie est une priorité.

— *Alors c'est bien ce que tu es, une elfe ?! On s'en doutait.*

— *Ah bon ? s'étonna-t-elle. Votre race connaît la mienne ? Vous connaissez d'autres elfes ? Comment est-ce possible ?*

— *Non, répondis-je, nous n'en connaissons pas vraiment. Les elfes sont pour nous des êtres imaginaires, un mythe comme il y en a tant d'autres, et nos conteurs aiment inventer des histoires peuplées de créatures fantastiques. Mais depuis toi, nous sommes un très petit nombre à savoir que vous n'êtes pas une légende… vous avez bel et bien existé. Et si longtemps avant notre civilisation qu'il est impossible que votre souvenir ait traversé le temps pour venir jusqu'à nous. Entre la disparition de ton espèce et l'avènement des premiers hommes, des millions d'années se sont écoulés. Alors, comment des réminiscences de votre existence ont-elles pu franchir les âges ? Il y a tant de questions sans réponse.*

— *À cette question-là, je peux peut-être apporter une réponse, m'avoua-t-elle doucement. Notre magie est puissante, et dans les quelques endroits où elle était concentrée, il a pu subsister des parcelles résiduelles de notre essence. Si votre espèce y est sensible, il est possible que certains individus aient perçu la mémoire de ce que nous étions… comme dans un rêve.*

— *Comme ces rêves où tu me parles ?*

— *Un peu ainsi, oui, sauf que nous deux, c'est réel. Je te parle vraiment.*

Mon cœur fit un bond en entendant ces mots. En sa présence, je devenais pire qu'un adolescent transi. J'avais de nouveau chaud. Je ne savais plus si j'étais encore dans notre rêve ou s'il s'agissait de la réalité, car je sentais mon corps réagir aux pensées qui m'agitaient. Le traître !

— *Guillaume,* hésita-t-elle, *est-ce que... tu m'as touchée ?*

— *Tu l'as senti ?*

— *Alors c'est vrai ?* insista-t-elle. *C'était toi ?*

— *J'ai caressé ta joue,* lui révélai-je enfin. *Je voulais connaître ta peau,* ajoutai-je dans un murmure. *Tu es tellement belle.*

J'avais la gorge serrée d'avoir osé le lui avouer. Je n'avais jamais été un beau parleur, plutôt mal à l'aise avec les filles et trop passionné par mes études pour prendre le temps de les aborder, trop peu sûr de moi pour tenter de les séduire. C'était la première fois que je confiais aussi librement à une femme ce que je pensais d'elle, et c'était consternant. Mais j'avais conscience que ce serait pire encore quand elle s'éveillerait et qu'elle me verrait. J'angoissais déjà à l'idée du dégoût et de la déception que je lirais dans son regard.

— *Tu me trouves belle,* constata-t-elle. *Alors j'ai dû changer.*

— *Pourquoi ?* demandai-je. *Tu ne l'étais pas ?*

— Oh, disons que j'étais ordinaire. Mais vu ma condition, c'était normal. Il aurait été malvenu que je surclasse mes maîtresses.

— Tes maîtresses ? m'exclamai-je, interloqué. Tu étais quoi ? Une sorte d'esclave ?

— Je ne sais pas ce que c'est, ce dont tu parles. J'appartenais à la caste des servants. J'avais l'honneur d'être au service de la reine et de sa suite. J'étais même la servante personnelle de Sa Majesté, expliqua-t-elle avec fierté. C'est elle qui m'a...

Sa voix s'était brisée sous le coup de l'émotion. Elle poursuivit avec des sanglots dans la gorge.

— C'est elle qui m'a chargée de l'héritage de notre peuple, parce qu'elle était trop faible et trop âgée pour mener à bien sa mission. Elle m'a fait confiance et m'a tout donné : sa vie, comme celle des mille cinq cents derniers d'entre nous, notre essence magique, notre mémoire, l'intégralité de notre savoir. Tout est en moi et n'attend qu'une chose : que je renaisse.

— Alors, explique-moi comment procéder ! Je peux t'aider, je suis le seul à pouvoir t'aider, j'en suis sûr !

— Je ne veux pas prendre ta vie, c'est... impossible. Je m'y refuse !

— Tu as dit que tu n'avais pas prévu que je serais si fragile. Pourtant je t'ai déjà rendu ton corps. Ton cœur bat, tu respires et tu as même senti le contact de ma main sur ta joue. Il ne manque plus grand-chose pour que tu reviennes complètement, j'en suis convaincu. Et de mon côté, je me suis rendu compte que l'existence désordonnée que je menais depuis quelque temps m'avait considérablement affaibli. Aujourd'hui, je suis bien reposé et j'ai mangé copieusement. Je me sens plus fort que jamais. En tout cas, bien plus que je ne l'étais quand tu as pris ma force vitale. Je suis sûr que c'est suffisant pour te ramener, Nimraëlle. Il faut essayer.

Elle sembla hésiter un long moment. Je ne voulus pas la presser ni rompre le silence qui s'était installé. J'attendis qu'elle se décide. Elle finit par avouer avec peine :

— Si tu mourais, je ne me le pardonnerais jamais.

— Je ne mourrai pas, la rassurai-je très vite, avant que ses mots n'atteignent mon cœur et ne me laissent sans voix. Je suis bien plus résistant que tu l'imagines. Je ne mourrai pas, parce qu'il est hors de question que je disparaisse sans avoir d'abord vu la couleur de tes yeux.

Elle garda le silence quelques instants encore, me mettant au supplice, puis elle exhala un profond soupir de résignation.

— Tu n'as rien de spécial à faire, nous sommes déjà connectés. C'est à moi de puiser dans ton énergie. Toi, ta mission, c'est de rester vivant, tu m'as bien comprise ?

— À tes ordres, ma reine, répondis-je avec un indicible soulagement.

— Je ne suis pas ta reine, Guillaume, ni celle de personne ! Je suis une servante, je te le rappelle !

— *Allons, Nimraëlle, comment crois-tu que te considérera ton peuple quand tu lui auras redonné la vie ? Ta souveraine t'a transmis les pleins pouvoirs pour sauver son héritage, n'est-ce pas ? Tu es son héritière.*

— *Ne dis pas n'importe quoi !* répliqua-t-elle sèchement.

Mais dans sa voix, je perçus plus d'incrédulité rêveuse que d'irritation.

— *Nimraëlle,* repris-je plus sérieusement, *quand je me réveillerai après t'avoir quittée, j'aurai d'abord besoin de manger. Il va falloir que j'emmagasine un maximum d'énergie avant que tu commences à puiser dans mes réserves.*

— *Oui, bien sûr,* enchérit-elle. *Mais alors, comment saurais-je que je peux initier le rite ?*

Je pris mon courage à deux mains en même temps qu'une grande inspiration, puis me lançai :

— *Et si... je posais à nouveau ma main sur ta joue ? Est-ce que... ça te suffirait comme signal ?*

Le petit matin trouva Guillaume gonflé de joie, d'énergie et de détermination. Avant même d'avoir posé un pied au sol, il embrassait déjà du regard le visage paisible de Nimraëlle. Il n'en revenait pas des progrès qu'elle avait faits. Dans sa façon de parler, et même dans son mode de pensée à présent, elle semblait presque aussi humaine que lui. Instinctivement, le premier mouvement du jeune homme avait été de tendre la main vers elle pour caresser sa joue, mais il s'était retenu à temps. C'était le signal convenu qu'il était prêt à commencer la Renaissance ; or il ne l'était pas encore. Il souhaitait mettre toutes les chances de son côté… de leur côté. En premier lieu, il lui fallait se nourrir et engranger de quoi tenir le coup.

— Alors ? Tu as pu lui parler ?

La voix de Michèle le tira assez brutalement de ses pensées, le faisant sursauter. Il avait oublié qu'elle s'était proposée de passer la nuit à l'infirmerie, afin de « veiller sur eux » pendant son sommeil. Elle semblait épuisée, ses yeux étaient rouges et sa peau chiffonnée. Elle avait dû prendre son rôle très au sérieux.

— Oui, sourit-il, nous nous sommes parlé. Je vais l'éveiller aujourd'hui.

— Vraiment ? s'écria-t-elle en se redressant d'un bond. Elle t'a donc expliqué comment procéder ?

— C'est elle qui fera tout, répondit-il en secouant la tête. Comme l'autre jour, elle puisera dans mes réserves vitales. Cependant, cette fois, je serai paré. Il me faudra du carburant : je vais donc boire et manger, méditer aussi. Je dois prendre des forces, mais également de quoi booster ma résistance.

— Des barres énergétiques, du magnésium, de la vitamine C… On a tout ça en stock, pas de problème. Tu es sûr que ça ira ?

— Certain. Vous me surveillerez, de toute façon. Je veux être branché à l'électrocardiographe, et que vous teniez prêts le défibrillateur et une seringue d'adrénaline, au cas où.

— Et tu appelles ça être certain ? s'écria-t-elle horrifiée. Si tu risques la mort, pas question qu'on tente le coup, mon petit gars ! Je refuse d'en être responsable, de près comme de loin !

— C'est pour ça que toutes les précautions vont être prises, Michèle, la rassura-t-il comme s'il avait affaire à une enfant. Et de toute façon, je lui ai promis de ne pas mourir.

Dans son angoisse mêlée de colère, l'anthropologue ne releva pas l'impertinence du ton. C'est ce que Guillaume avait dit en dernier qui la frappa le plus. Il était beaucoup trop impliqué. Complètement envoûté. Elle le voyait courir droit à la catastrophe : une idylle avec cette créature était impensable. L'elfe allait lui briser le cœur. Pourtant, Michèle laissa échapper un profond soupir de résignation – après tout, il était adulte, elle n'avait pas à le juger – et entama son interrogatoire. Elle avait un millier de questions à lui poser avant de le laisser passer à l'action. Docilement, Guillaume répondit à toutes celles qu'il pouvait, lui relatant point par point son entretien avec Nimraëlle.

Petit à petit, l'anthropologue oublia ses craintes et s'anima. Cette découverte devenait encore plus passionnante que toutes les sagas de Fantasy qu'elle avait pu lire ! Si Nimraëlle réalisait ce à quoi elle était destinée, mille cinq cents autres elfes arpenteraient bientôt la Terre. Et ce ne serait probablement qu'un début ! Et puis, à écouter Guillaume parler de sa *fiancée*, elle comprenait mieux ce qui arrivait au jeune homme. Il était visiblement très amoureux de la mystérieuse beauté et était réellement prêt à risquer sa vie pour elle. Contre ça, vu son caractère borné, elle ne pourrait rien. En revanche, elle devait tout mettre en œuvre afin qu'il survive à cette histoire de renaissance. Elle était d'accord avec lui quand il disait que s'il avait résisté à la première « ponction » de force vitale alors qu'il était très affaibli, il avait beaucoup plus de chances de supporter la seconde sans problème en y étant préparé. Surtout après ces trois jours de coma, qui lui avaient tenu lieu de repos forcé. Depuis, il avait également rattrapé son retard sur la nourriture. Elle reconnaissait qu'entre le jour de son arrivée sur le chantier et celui où il avait complété le squelette, il avait perdu beaucoup de poids et avait énormément donné de sa personne. Le manque de sommeil et les difficiles conditions climatiques avaient laissé des traces dans son organisme et sur son visage, buriné et creux. Ses yeux autrefois si expressifs avaient été largement plus cernés, ces derniers temps. Aujourd'hui, il semblait néanmoins en bien meilleure forme. Reposé, le regard vif, le teint frais. Il était loin d'avoir repris un poids correct, mais l'énergie courait visiblement dans son corps. Oui, il avait sans doute raison. Cette fois, il réussirait.

— Elle a réagi cette nuit, lui apprit la scientifique à brûle-pourpoint.

— Comment ça ? l'interrogea-t-il en se tournant vivement vers elle.

— De légers froncements de sourcils, la respiration qui s'accélère par moments. Rien de plus, pourtant, à part la rougeur sur ses joues quand tu l'as touchée hier, elle n'avait jamais eu la moindre réaction jusque-là.

Il sourit. Brusquement heureux d'être celui qui faisait froncer de si gracieux sourcils.

CHAPITRE HUIT

Journal de bord – 71ᵉ jour de stage

Je suis amoureux. Ridiculement, complètement, désespérément amoureux. Comme un adolescent boutonneux – ce que j'étais encore il n'y a pas si longtemps, sauf que ça ne m'avait jamais fait voir des petits cœurs partout.

Or, là, je vois des petits cœurs partout… c'est grave, docteur ?

Bref. Je suis amoureux d'une elfe sublime, puissante et merveilleuse, ce qui fait de moi un abruti fini. J'assume. Quand elle se réveillera – parce que, oui, je vais la réveiller ! –, elle me regardera – si elle daigne me regarder – comme un insecte dégoûtant, mais ça ne m'empêchera pas de continuer à l'aimer jusqu'à ce que je tombe en poussière. J'en suis convaincu. Je ne sais pas d'où ça me vient, pourtant j'en suis aussi certain que du prochain lever de soleil.

La réunion avec Monnier, Michèle, le médecin du camp, le représentant de la fondation qui finançait les fouilles et un envoyé du gouvernement égyptien se déroula dans le réfectoire. Ils entouraient Guillaume, aussi affamé que consciencieux, qui dévorait autant de nourriture que possible. Il était en passe de devenir le cauchemar du chef cuistot. Autour de lui, le débat faisait rage et les questions fusaient. Le professeur Monnier y répondait d'un ton posé et professionnel, appuyé par Michèle qui apportait régulièrement une précision ou confirmait une assertion. Guillaume semblait totalement étranger à tout ce remue-ménage, indifférent à tout ce qui n'était pas son repas, en fait, mais il jetait de fréquents regards aux deux « costards-cravate ». Et chaque fois, il surprenait leurs yeux fixés sur lui. Ils l'observaient à la dérobée, d'un air perplexe, méfiant, voire effrayé, en fonction de ce que Monnier était en train de raconter. Lui ne suivait que vaguement la conversation, parce que sa décision était déjà prise, quoi qu'ils aient à objecter. Il éveillerait Nimraëlle, et il ne mourrait pas. Un point, c'est tout. Il n'y avait rien à argumenter. Pourtant, quand le représentant de la fondation annonça qu'il gèlerait tous les crédits s'ils ne patientaient pas le temps qu'une commission se soit constituée, qu'elle ait enquêté et statué, il faillit sortir de ses gonds. Cependant, à sa grande surprise, alors que tout semblait bloqué, le médecin du camp intervint.

— De deux choses l'une, affirma-t-il d'un ton sans appel, soit on attend la décision d'un comité quelconque et Nimraëlle meurt en emportant tous ses secrets dans la tombe, soit on laisse Guillaume faire ce qu'il sait devoir accomplir et on ressuscite un peuple mythique. Maintenant, choisissez, et dépêchez-vous, on n'a plus beaucoup de temps.

Guillaume cessa de manger et porta sur le praticien un regard admiratif et reconnaissant. Puis il tourna les yeux vers le représentant de la fondation et le fixa sans rien dire. La détermination flambait dans ses prunelles. L'homme en costume gris eut un raclement de gorge et porta deux doigts à sa cravate dans l'intention manifeste de la desserrer, mais il suspendit son geste à temps. Il reprit contenance en baissant les paupières, avant de déclarer :

— Je ne peux prendre seul cette décision, cela m'est interdit. Tout comme il m'est visiblement impossible de vous empêcher de faire ce que vous prévoyez. Je me vois donc dans l'obligation de rentrer au Caire afin d'établir un rapport sur vos agissements et sur les conséquences qui en découleront. Quand il sera prêt, je l'enverrai à Paris et vous vous débrouillerez avec la direction.

— En somme, vous allez nous laisser agir, en déduisit Guillaume d'une voix sombre, et nous serons punis, ou pas, en fonction des résultats… c'est très courageux de votre part, conclut-il non sans ironie.

— Combien de temps vous faudra-t-il pour rédiger ce rapport ? demanda Monnier plus posément.

— Quelques jours, quelques semaines, je ne sais pas… ça dépendra…

— Je vois, sourit le professeur. Permettez-moi, Messieurs, de vous raccompagner jusqu'à vos véhicules, je promets de vous tenir au courant aussitôt, si quoi que ce soit de nouveau devait arriver.

Dès que les « costards-cravate » furent partis, Monnier revint au réfectoire.

— Ils vont fermer les yeux, mais nous allons devoir rester très discrets, précisa l'archéologue. Quoi qu'il en soit, pour l'instant, nous avons carte blanche, donc au boulot !

— Je retourne à l'infirmerie préparer le matériel, annonça le médecin. Si tu le peux, Guillaume, mange encore un peu et bois des jus de fruits.

— Ok, acquiesça le jeune homme, je viens dès que je suis prêt.

Depuis le matin, il avait pris l'air dans les dunes, exécuté quelques étirements afin de tonifier son corps, médité un long moment et mangé autant que possible. Il se sentait déjà plus que prêt, néanmoins il tenait véritablement à ne rien laisser au hasard. Il se servit donc pour la troisième fois de ce délicieux tajine aux épices.

Moins d'une heure plus tard, il était branché à l'électrocardiographe et allongé sur le lit de camp jouxtant celui de Nimraëlle. Michèle, le professeur Monnier, Ahmed, qui avait tenu à être présent, et le médecin s'installèrent au chevet des deux jeunes gens. Quand il jugea le moment opportun, Guillaume tendit la main vers sa *fiancée*.

L'émotion faisait battre son cœur à tout rompre et il ne pouvait empêcher ses doigts de trembler. Il effleura délicatement le front et le nez de l'elfe, puis laissa sa grande paume calleuse et bronzée se poser sur la peau lisse et diaphane du visage de Nimraëlle. Comme la fois précédente, lorsqu'il avait touché sa joue, une intense vague de chaleur se propagea à travers tout son corps, affolant le bipeur du scope. Le teint de l'elfe rosit légèrement. Puis Guillaume sombra dans l'inconscience, emporté par une terrible douleur. Michèle poussa un cri de panique quand elle vit son protégé perdre connaissance, et ceux qui observaient la scène commencèrent à parler tous en même temps. Cependant, le médecin les calma en quelques mots.

— Ce n'est rien. Pour le moment, tout va bien, le pouls est un peu rapide, mais il est stable, il n'y a pas de quoi s'affoler. On s'attendait à ce qu'il s'évanouisse, de toute façon.

En effet, Guillaume avait désormais plus l'air de dormir, comme lors de son précédent coma, que de souffrir. Quant à Nimraëlle, ses paupières étaient déjà parcourues des frémissements qui auguraient de son éveil imminent.

Lorsque l'étudiant avait perdu connaissance, ses doigts s'étaient retrouvés emmêlés dans les cheveux de l'elfe. De ce fait, le contact entre eux s'était maintenu et leur lien en avait été renforcé. Il ne fallut ensuite que quelques minutes à Nimraëlle pour absorber suffisamment d'énergie et revenir complètement à la vie.

Nimraëlle prit une profonde inspiration avant d'ouvrir les yeux. Ses paupières battirent plusieurs fois, ses longs cils souples balayant l'air comme les ailes d'un colibri, le temps que sa vue s'éclaircît. Elles se dessillèrent ensuite pour de bon, offrant finalement au monde la réponse à un autre mystère. Ses yeux immenses n'avaient presque pas de blanc tant ses iris y tenaient toute la place. Ces derniers luisaient d'un violet intense, lumineux, rehaussé d'éclats d'or pur qui se déployaient en corolle autour de la pupille. C'était un spectacle d'une telle beauté qu'il fallut un moment aux êtres présents pour se souvenir de respirer. Nimraëlle, quant à elle, s'était aussitôt mise à observer ce qui l'entourait. Son regard voltigeait à travers toute la pièce, glissant sur les vivants comme s'ils n'existaient pas, ou comme s'il n'était pas encore temps pour elle de les prendre en considération. Elle semblait enregistrer chaque détail de ce monde nouveau, de la texture de l'air à l'odeur la plus ténue en passant par les sons et par tous les objets qu'elle pouvait apercevoir d'où elle se trouvait. Son examen se prolongea plusieurs minutes dans un silence tendu. Michèle retenait son souffle, émerveillée et légèrement effrayée par ce qu'ils avaient fait. Elle repensa au fémur que Guillaume avait découvert… Se pouvait-il que ce fût seulement deux semaines auparavant ? Elle revit les os étalés sur la table de son bureau, comme l'avaient été ceux de si nombreux squelettes, incomplets pour la plupart, d'australopithèques et autres ancêtres des hommes. Et maintenant… comment croire à ce qui arrivait, même en le voyant ? Elle se définissait comme une scientifique, elle aimait comprendre, analyser, prouver et classer. Certes, elle avait toujours été fascinée par les mythes et les légendes de la Fantasy, mais là ! ce n'était pas une légende qu'elle avait devant les yeux, il s'agissait d'une jeune femme bel et bien vivante.

Michèle prit une inspiration, prête à faire le premier pas et à se présenter à Nimraëlle, quand celle-ci tourna la tête vers l'homme allongé à côté d'elle, emprisonnant un peu plus, dans le mouvement, la paume de ce dernier sous sa joue. En réponse à ce contact appuyé, elle rosit et sursauta. Gracieusement, elle leva une main, fine et délicate, pour libérer de sa chevelure les doigts de Guillaume qui glissèrent de l'oreiller. Son bras retomba, inerte, entre les lits de camp. Les sourcils de l'elfe se froncèrent et, en un instant, elle fut à genoux près de lui, ayant bougé avec une vivacité hors du commun. Elle plaça ses mains de part et d'autre de la tête de son sauveur, sur ses tempes, puis elle ferma les yeux, visiblement très concentrée. Après quelques secondes, soulagée, elle relâcha la tension de ses épaules et ses bras revinrent lentement vers son corps. Mais ce faisant, ses doigts frôlèrent les joues de Guillaume, puis longèrent son torse jusqu'à ce qu'ils le quittent et se nichent à nouveau dans son giron.

Le temps semblait s'être arrêté, et le professeur Monnier, pas plus que le docteur, l'anthropologue ou le terrassier ne se sentaient pressés de mettre fin à un tel moment de grâce.

Agenouillée devant le lit de camp, Nimraëlle put ainsi prendre quelques minutes pour observer enfin le visage de celui à qui elle devait la vie. Il était si différent des elfes qu'elle avait connus, de ceux qu'elle avait aimés. Tellement plus… animal. Elle se dit qu'elle aurait dû en être dégoûtée, voire horrifiée, pourtant tout ce qu'elle ressentait, c'était du désir. L'envie irrépressible de le toucher, de le goûter, de glisser sa joue à la peau si lisse contre celle, rugueuse et tannée du jeune homme. Dans un élan irréfléchi, elle prit alors entre ses mains celle de Guillaume qui pendait dans le vide. Ignorant les furieuses sensations que lui procurait ce contact, elle la retourna et en caressa la paume du bout de l'index. Là aussi, elle lut en lui une force presque effrayante, mais également une intégrité et une loyauté sans faille. Il était un rocher dans la nuit, le sien, elle le sentait dans chacun de ses os. Et ces doigts ! Elle rougit en songeant au contact de ces doigts sur sa peau et un brusque frisson dévala sa colonne vertébrale. Il fallait qu'elle le ramène. Elle devait coûte que coûte trouver le moyen de le réveiller !

Prenant une lente inspiration, elle reposa la main de Guillaume le long de son corps, au bord du lit, avant de se retourner vers ceux qui l'observaient.

— *Je ne parle pas votre langue,* commença-t-elle sans bouger les lèvres. *Mais par l'esprit, nous allons pouvoir communiquer, car les pensées n'ont pas d'idiome.*

Il y avait là trois hommes et une femme, cependant Nimraëlle ne parvenait pas à déterminer lequel d'entre eux était le maître ou le plus gradé.

— *Est-ce que vous pouvez m'entendre ?* tenta la femme mentalement.

— *Oui, sans problème,* répondit l'elfe en souriant.

Son sourire était un lever de soleil, il illuminait son visage et éblouissait les infortunés qui le recevaient sans préparation, les laissant bouche bée.

— *Je suis Nimraëlle,* poursuivit-elle, inconsciente de l'effet qu'elle produisait. *Puis-je vous demander si vous êtes… la reine de votre peuple, ou ce qui s'en approche ?*

— *Oh, rien de tel,* répondit gentiment la femme. *Je m'appelle Michèle. Cependant, ceux qui nous gouvernent sont… loin d'ici. Personne n'est au courant de votre existence en dehors de ce camp, aussi sommes-*

nous seuls décideurs, pour le moment, si tel est bien le sens de votre question.

— *Oui, en effet,* reprit Nimraëlle, *alors c'est parfait. Il nous faut faire vite. Ce qui est arrivé n'est absolument pas normal, et j'ai eu beau fouiller la mémoire de mon peuple, je n'ai rien trouvé qui l'explique.*

— *Pardon,* l'interrompit Monnier, *qui explique quoi ? Qu'est-ce qui n'est pas normal ?*

— *Guillaume n'aurait jamais dû perdre connaissance, et même moi, j'aurais dû renaître facilement dès la première ponction. J'ai besoin de savoir ce qui a mal tourné, et pour cela, je dois consulter ma reine ou l'un des hauts-mages.*

— *Expliquez-nous,* la pria Michèle, *nous ne demandons qu'à vous aider, surtout si la vie de Guillaume est en jeu.*

Nimraëlle les observa un court instant avant de se lancer.

— *Je suis la gardienne, la dépositaire de l'héritage de mon peuple,* leur révéla-t-elle. *De son héritage magique et spirituel, mais pas seulement. J'ai en moi l'intégralité de la mémoire des elfes. Tout leur savoir, toute leur histoire commune, mais aussi chacune de leurs histoires personnelles et individuelles. Et surtout, j'ai la charge de l'âme, ou de l'essence magique, si vous préférez, des mille cinq cents derniers elfes, y compris celle de notre reine, Llionann.*

— *Mais quelle est votre mission, concrètement ?* demanda Michèle, vivement intéressée.

— *Elle est très simple,* déclara l'éveillée sans fioritures, *il me faut trouver des corps dignes d'accueillir les âmes de mes frères afin de restaurer mon peuple. Et pour commencer, je dois transférer au plus vite l'entité de la reine ou celle d'un haut-mage dans un organisme humain. Eux seuls seront en mesure de nous aider à sauver Guillaume.*

— *Mais,* s'insurgea Monnier qui se doutait déjà de la réponse, *si vous mettez l'âme d'un elfe dans le corps d'un être humain, que se passera-t-il alors pour l'esprit de cet humain ?*

— *Selon nos croyances, il rejoindra Sérënor, parmi les étoiles, où vont les âmes de nos disparus,* affirma Nimraëlle sans ambages. *Sérënor signifie : le pays du repos. Les défunts y retrouvent tous ceux qui sont partis avant eux et y bénéficient d'une éternité de paix, de joie et d'amour. Quant au corps,* précisa-t-elle avant qu'on le lui demande, *il deviendra la propriété de l'elfe, qui se chargera de le régénérer et le parfaire. Ainsi renouvelé, il jouira de toutes les caractéristiques, pouvoirs et capacités de notre race.*

— *Qui sont ?* interrogea encore Michèle, partagée entre effroi et fascination.

— *La longévité, la résistance, la beauté, la magie, entre autres. Comme vous le voyez, le donneur n'y perd pas au change,* argumenta-t-elle.

— *Peut-être,* consentit Monnier, *mais ce qui fait un être humain, c'est son âme et son intellect, plus que son organisme. Selon votre « arrangement », le pseudo-volontaire disparaîtra. Il mourra ! Et cela, personne ne l'acceptera !*

— *Moi, j'accepte,* annonça Michèle dans un souffle. *Je serai heureuse d'offrir mon corps à ta reine, Nimraëlle, si tu le juges recevable.*

— As-tu perdu la raison ? hurla Monnier en s'étouffant presque, oubliant de parler par la pensée.

— *Êtes-vous certaine de le souhaiter ?* s'enquit l'elfe. *Cette décision est irréversible.*

— *Je suis sûre de moi,* répondit la scientifique avec fermeté. *J'approche d'un âge où l'on ne voudra plus de moi sur les chantiers et où je devrai me contenter d'un poste d'enseignante ou de gratte-papier. Je n'ai ni ami ni famille parce que j'ai tout donné à la science et à l'histoire.* Honnêtement, Pierre, poursuivit-elle à voix haute, l'avenir me fait peur. L'alternative de Nimraëlle me semble une opportunité inespérée.

— *Tu serais prête à mourir ?* insista le professeur qui avait repris le dialogue mental.

— *À monter droit vers les étoiles, vers ce qui s'apparente à un paradis de Fantasy, en offrant mon corps à la reine des elfes, tu veux dire ? Oui, Pierre, c'est même inespéré ! Car rien de ce que l'existence n'a encore à m'apporter ne peut valoir autant que ça. Ma vie terrestre est plus derrière moi que devant, rien ni personne ne me retient… je suis prête pour une nouvelle aventure.*

Monnier tenta pendant deux jours de dissuader Michèle, alors que l'état de Guillaume empirait. Son cœur faiblissait et Nimraëlle était au désespoir. Tout ce que le professeur entreprit dans le but de les détourner de leur projet échoua. L'elfe et l'anthropologue lui opposaient une détermination inflexible. De son côté, déchiré par le choix de sauver l'étudiant ou la femme qu'il connaissait et côtoyait depuis des années, le vieil homme peinait à trouver des arguments… y compris quand il s'agissait de se convaincre lui-même.

Parallèlement, il en apprit beaucoup sur ce peuple ancien et mystérieux. Il profita de ce laps de temps pour consigner le moindre détail de ce qu'il observait chez Nimraëlle ou de ce qu'elle lui révélait sur les siens, leur vie, leurs coutumes et croyances, dans les fichiers de plus en plus étoffés de son dossier sur « l'affaire Ève », dont il espérait pouvoir tirer parti quand tout cela éclaterait au grand jour. Mais ce qui l'amena à céder, au bout de ces deux longues journées de palabres, fut le fait que Michèle semblait réellement prête et sûre d'elle. En réalité, elle paraissait plus sereine et épanouie que jamais. Sa relation avec Nimraëlle en étonnait plus d'un. Les deux femmes avaient développé, durant ces quarante-huit heures, une étonnante amitié, forte, sincère et chaleureuse. Monnier finit donc par se résigner quand sa collègue et amie lui fit remarquer qu'elle était majeure depuis longtemps, et que s'il avait vraiment voulu qu'elle reste à ses côtés, il lui aurait proposé le mariage depuis des années. Il n'y avait jamais rien eu de sérieux entre eux, même s'il leur était arrivé à quelques reprises, des années plus tôt, de rompre un peu leur solitude dans les bras l'un de l'autre. Pierre savait que, même dans l'hypothèse qu'il l'ait fait, elle aurait refusé une éventuelle demande. Cependant, la provocation fit mouche, achevant de convaincre le responsable des fouilles, et le transfert eut lieu le soir du troisième jour.

CHAPITRE NEUF

Les protagonistes de la Renaissance de Nimraëlle (Pierre Monnier, Michèle Da Sienta, Ahmed El Arassi et Philippe Revel, le médecin du camp) se rassemblèrent à l'infirmerie. Ils entrèrent dans le compartiment où Guillaume agonisait lentement et s'installèrent autour du second lit de camp, sur lequel Michèle et Nimraëlle prirent place. L'elfe leur expliqua soigneusement ce qui allait se passer.

— J'ai préparé et isolé l'essence de la reine Llionann. Dans mon esprit, cela ressemble à une sphère d'énergie pure. Elle contient son âme, sa personnalité, tous ses souvenirs, son savoir et ses pouvoirs. Je vais l'introduire dans le corps du docteur Da Sienta. Vous ne ressentirez rien, promit-elle à cette dernière. *Vous allez juste vous endormir et vous réveiller à Sérënor.*

— Et que se passera-t-il au niveau de son organisme pendant ce temps-là ? demanda le médecin du camp, curieux de comprendre le processus.

— Llionann prendra immédiatement le contrôle. Elle n'aura besoin que de quelques secondes pour modeler la physiologie et la chair de Michèle à son image. Elle devrait prendre conscience très vite.

— Sans ponction d'énergie ?

— Non, pas cette fois, elle n'en aura nul besoin. Moi, je n'avais aucun corps à investir, il me fallait tout recréer à partir de mes os, et c'est pour cela que j'ai dû absorber la force vitale de Guillaume. Il suffira à Llionann de se glisser dans l'organisme de Michèle et de l'ajuster un peu. Ce sera rapide et aisé.

Même pour des scientifiques, rompus à l'art du détachement, les observations pragmatiques et insensibles de Nimraëlle faisaient froid dans le dos. Il ne s'agissait pas seulement ici d'un corps quelconque, mais de celui de leur collègue, avec laquelle ils avaient vécu des mois durant, discuté, ri, s'étaient fâchés parfois… et l'elfe parlait de son enveloppe comme si elle n'était déjà plus là. Extrêmement mal à l'aise, Pierre Monnier glissa un regard embarrassé vers son amie. L'anthropologue écoutait attentivement les explications de Nimraëlle, concentrée. Rien ne transparaissait sur son visage, ni angoisse, ni tristesse, ni humiliation. Juste cette effrayante détermination.

Michèle leur fit de rapides adieux, peu désireuse d'éterniser la partie la plus désagréable de sa propre renaissance, selon elle. Après avoir tout de même brièvement serré Pierre Monnier dans ses bras, elle s'allongea sur le lit de camp. Nimraëlle posa une paume à plat sur son front et l'autre sur son cœur, puis elle commença à chanter de sa voix douce et claire. La chercheuse ne comprenait pas les mots, mais elle se laissa porter par la mélodie et sentit son esprit s'alléger, s'élever, s'arracher à son corps.

Une intense lumière blanche, comme celle qui avait émané de la tente d'anthropologie quand l'elfe était apparue, jaillit soudain de la peau de la scientifique, aveuglant ceux qui assistaient à la scène. Ils se protégèrent les yeux au creux de leurs bras pendant les brèves minutes que dura l'opération. La clarté décrut ensuite rapidement et leurs pupilles larmoyantes purent se remettre tant bien que mal de l'éblouissement. Alors, tous constatèrent avec un mélange d'émerveillement et de désarroi que le transfert avait bel et bien eu lieu. Sous les mains de Nimraëlle se tenait la version elfique de Michèle. Elle était toujours petite et svelte, et on reconnaissait ses traits, mais ils avaient gagné une sorte de perfection, une grâce et une noblesse qui les rendaient aussi peu humains que ceux de Nimraëlle. Ses cheveux, autrefois courts et grisonnants, s'étaient métamorphosés en une somptueuse crinière argentée, de laquelle dépassait désormais la pointe de ses oreilles.

Quand la créature dans le corps de Michèle ouvrit les yeux et prit son premier souffle, Nimraëlle se jeta à genoux sur le sol et courba la nuque en signe de dévotion.

— *Majesté,* la salua-t-elle, *j'ai accompli ma mission, notre peuple va renaître dans un monde nouveau.*

La créature ne réagit pas immédiatement, se contentant dans un premier temps de déployer ses perceptions et d'analyser ses sensations, comme l'avait fait Nimraëlle lors de son propre réveil. Llionann inspira plusieurs fois profondément, avant de se redresser et de s'asseoir. Elle laissa errer ses prunelles tout autour d'elle et fit bouger ses doigts, observant ses mains qu'elle avait élevées au niveau de ses yeux. Puis elle humecta ses lèvres, comme pour en tester le goût et la texture. Elle releva ensuite prudemment la tête et sonda chacun des trois hommes debout au pied de son lit. Monnier déglutit et frissonna. Il avait la gorge sèche, se sentait intimidé et parfaitement incapable d'aligner deux idées assez claires pour oser prendre la parole. La reine les examinait comme si elle était en train de disséquer leurs cerveaux… et c'est à peu près ce qu'elle faisait en réalité. Il ne lui fallut que quelques secondes pour trier les informations essentielles dont elle avait besoin dans l'immédiat. Enfin, elle tourna son attention vers Nimraëlle.

— *Pourquoi t'adresses-tu à moi par la pensée, ma fille ?* demanda la souveraine qui avait posé une main sur la tête de sa servante.

— *Les êtres qui peuplent ce monde ne parlent pas notre langue, Majesté, et j'ai considéré qu'ils devaient entendre nos paroles. En communiquant par l'esprit, je peux me faire comprendre d'eux. Je vous ai fait renaître en premier, sans prendre le temps de vous choisir une apparence avec soin, et je m'en excuse, Majesté. Mais j'avais un besoin urgent de votre aide.*

La reine observa son nouveau corps, puis repassa en revue l'endroit où elle se trouvait, ainsi que les trois mâles humains assis à proximité. Elle ferma brièvement les yeux, comme pour se concentrer ou écouter quelque chose, après quoi elle répondit à Nimraëlle, en utilisant sa voix physique et en français.

— Ils ne connaissent pas le parler des elfes, néanmoins leur idiome est ridiculement simple à assimiler. Je ne comprends pas que tu ne l'aies pas déjà fait, Nimraëlle.

La syntaxe et la prononciation étaient parfaites, et la légère pointe d'accent donnait un charme exotique à ses propos. Si la jeune elfe rougit sous la critique, elle se garda bien de répliquer. Elle n'était qu'une servante après tout, pas une érudite ni une magicienne, elle n'avait tout simplement pas pensé à essayer d'acquérir le langage humain.

— Nous nous entretiendrons soigneusement de tous les détails de ta Renaissance et de la mienne, ainsi que de ce nouveau monde que tu nous as trouvé, ma fille. Cependant, nous avons amplement le temps pour cela : je me sens plus jeune et plus forte que depuis bien longtemps avant la fin de mon règne. Maintenant, dis-moi. Quelle est donc cette urgence qui te soumet à une telle agitation ?

Là encore, il s'agissait clairement d'une remontrance royale – les elfes s'enorgueillissaient de leur flegme à toute épreuve –, mais à nouveau, la servante choisit de ne pas relever.

— Majesté, commença Nimraëlle d'une voix tremblante d'émotion, cela concerne celui qui m'a ramenée à la vie. Il semble qu'il y ait un problème. Il a perdu connaissance pendant la ponction, et malgré mon éveil, son cœur s'affaiblit de jour en jour.

La jeune elfe désigna l'homme inconscient, étendu sur la couche voisine. La reine le considéra d'abord sans dissimuler son dédain, puis elle fronça soudain les sourcils, intriguée.

— Il est impossible que la Renaissance en soit la cause, estima la souveraine, réfléchissant tout haut. Il doit y avoir autre chose.

— Je le pense aussi, Majesté, cependant j'ai eu beau compulser la mémoire des elfes pendant des jours, je n'ai trouvé aucune explication. Pouvez-vous m'aider ?

S'approchant de Guillaume, Llionann posa le bout de ses doigts sur les tempes du mâle humain, ainsi que l'avait déjà fait Nimraëlle, et ferma les yeux. Les trois hommes en retrait, qui n'avaient rien manqué de la conversation, retinrent leur souffle. Un long moment après, la reine se retourna vers sa servante, qui se tordait les mains d'angoisse.

— C'est très étrange, lui révéla la vieille elfe, songeuse, votre lien n'est pas tel qu'il le devrait. Il ressemble à… non, il n'y en a plus eu depuis des générations. Il ne peut s'agir de cela.

— De quoi est-il question, Majesté ? insista Nimraëlle.

— Parle-moi d'abord de ta relation avec cet… humain, éluda Llionann. Je dois savoir tout ce qui s'est passé depuis votre contact initial. Chaque détail, chaque entretien, ainsi que la manière dont le lien vous unit. Je dois vérifier mon hypothèse.

Ainsi Nimraëlle raconta-t-elle le premier rêve, dans ce brouillard blanc, cotonneux, où elle avait entendu la voix de Guillaume alors qu'elle n'était encore qu'un squelette incomplet. Puis les autres songes, leurs conversations, les sentiments qui grandissaient en elle sans qu'elle pût s'en défendre. Elle relata le premier essai de Renaissance, auquel elle avait brutalement mis fin avant son achèvement, parce qu'elle avait senti que la vie de Guillaume était en jeu. Elle parla ensuite du premier contact physique, après le réveil du jeune homme, quand elle-même n'était encore qu'un corps à la conscience emprisonnée. Elle décrivit la sensation de la main de Guillaume sur sa joue, la vague de chaleur, de désir et d'amour qui l'avait emportée. Son émotion face au visage enfin découvert de celui qu'elle aimait – elle le savait à présent –, après qu'elle eût accompli sa Renaissance grâce au sacrifice de Guillaume. Puis elle avoua à sa reine qu'elle aurait préféré rester dans l'oubli, et tout son peuple avec elle, plutôt que risquer de voir mourir cet homme.

Quand elle eut terminé, le silence enveloppa la scène comme un suaire. Ahmed était ému aux larmes, et même Pierre Monnier avait l'air ébranlé par le récit de Nimraëlle. Ce qui ne semblait pas être le cas de la reine. Longtemps, Llionann garda les yeux fixés sur sa servante, le dos raide, une expression dure et concentrée sur le visage. Puis elle soupira et lâcha, d'une voix hésitant entre frayeur et résignation :

— Je vois.

— Ai-je fait quelque chose de mal, Majesté ? questionna la jeune elfe avec angoisse.

— Tu n'y es pour rien, ma fille, lui répondit Llionann d'un ton empreint de tendresse. Mais c'est bien ce que je craignais. Il n'y a pas l'ombre d'un doute. Et pourtant, qui aurait pensé…

Elle releva les yeux vers les trois hommes, les observant avec perplexité, avant de finalement daigner leur adresser la parole :

— Je ne me suis pas présentée à vous, humains. J'espère ne pas vous avoir offensés. Je suis Llionann Ihmrandir Ethel Dùnwe. Pour l'instant seulement reine de titre, puisque mon peuple n'est encore que virtuel. J'ai sondé vos esprits, et vous m'avez surprise. Votre niveau d'intelligence est supérieur à ce que j'avais imaginé. Et au vu des circonstances… je suppose que nous allons devoir composer avec vous.

Bien que l'attitude et les paroles de Llionann fussent au mieux obscures, et au pis insultantes, Monnier décida de la traiter comme ce qu'elle prétendait être : une reine. Il ne connaissait rien du protocole en usage à la cour elfique, pourtant il était déterminé à faire son possible pour ne pas se ridiculiser aux yeux de la souveraine. Prévoir ce qui pourrait arriver de pire constituait l'un de ses principaux talents, et son nez lui disait que se mettre cette femme à dos le rapprocherait dangereusement du grade le plus haut sur l'échelle des ennuis. L'avenir ne lui avait jamais paru si nébuleux et incertain, aussi tenait-il particulièrement à garder la main, ou tout au moins, à conserver un maximum de cartes dans son jeu.

— Votre Majesté, déclara-t-il en s'inclinant obséquieusement, c'est un grand honneur pour nous de vous souhaiter la bienvenue dans cette époque. Je suis le professeur Pierre Monnier, archéologue et responsable de ce… de cet endroit *– inutile de trop l'embrouiller,* songea le scientifique. Je n'aurai pas la prétention de vous assurer que vous serez ici chez vous, vous et les vôtres, mais je peux vous promettre que mon équipe et moi-même ferons tout ce qui sera en notre pouvoir pour que notre monde vous ouvre ses portes avec bienveillance.

Llionann sourit, éblouissant ses interlocuteurs, et inclina légèrement la tête en signe de gratitude et de reconnaissance.

— Je me rends compte que ces contrées ont bien plus changé que nous nous l'étions figuré quand nous avons, mes mages et moi, envisagé ce sort de Renaissance. Le retour d'un peuple disparu semble ne pas être considéré comme allant de soi, dans votre culture, n'est-ce pas ?

— C'est le moins que l'on puisse dire, Majesté, acquiesça Monnier. Notre civilisation a peu ou prou élevé la science au rang de divinité. Tout ce que l'on ne parvient pas à expliquer et à prouver rationnellement se trouve au mieux ignoré, au pire exorcisé. Les gens craignent désormais ce qu'ils ne peuvent comprendre, voir, toucher, et cela les a rendus étriqués, voire dangereux.

— Vous n'êtes pas de ceux-là, remarqua Llionann.

— J'ai bien peur de l'avoir longtemps été, jusqu'à ce que je puisse moi-même voir et toucher Nimraëlle, avoua le professeur en rougissant. Quand Guillaume nous a parlé de ses rêves, Michèle et moi ne l'avons d'abord pas cru, mais lorsque nous avons découvert le corps de votre gardienne à la place de ses ossements… Eh bien… personnellement, ce sont toutes mes certitudes qui ont été remises en cause.

— Qui est Michèle ? interrogea-t-elle.

— C'est l'humaine qui vous a fait don de son corps, Majesté, intervint Nimraëlle. Une femme de grande valeur : brave, généreuse et très estimée par son peuple.

— Elle… l'a offert ? s'étonna la reine, à nouveau décontenancée.

— Oui, Majesté, expliqua la jeune servante. Les humains font grand cas de leur âme et de leur vie. Ce ne sont pas des êtres dont on peut disposer à la légère, c'est pourquoi je me suis vue dans l'obligation de demander la permission pour prendre une enveloppe et vous l'octroyer.

Llionann semblait éberluée.

— Elle vous l'a donnée, volontairement ? Vous ne l'avez pas simplement réquisitionnée ?

— Non, ma Reine, il s'agissait d'un cadeau, librement consenti par Dame Michèle. Elle a dit que ce serait un honneur pour elle d'être à l'origine de votre Renaissance. Elle se montrait fort désireuse de découvrir Sérënor et se réjouissait de vous imaginer foulant le sol de la Terre.

— Quel peuple étonnant que le vôtre, Maître Professeur ! s'exclama Llionann. J'ai grand-hâte d'apprendre à mieux connaître les humains. Votre âme me semble bien plus profonde que votre apparence n'en donne l'impression au premier abord.

Là non plus, ce n'était pas précisément ce que l'on aurait pu considérer comme un compliment, pourtant, une fois encore, Monnier décida de le prendre comme tel.

— Appelez-moi juste Professeur, ou professeur Monnier… ou Pierre, si vous le voulez bien, Majesté. Et je serai très heureux de guider vos premiers pas dans notre siècle, si vous êtes d'accord.

— Vous pouvez continuer à m'appeler *Majesté*, répliqua Llionann, non sans malice. Et j'ai bien peur que vous ne regrettiez votre proposition quand je vous aurai noyé de questions, Professeur.

Il sourit. Ce sens de l'humour lui était-il propre ou était-ce une réminiscence de celle dont elle occupait le corps ? Comme c'était étrange, se dit Pierre Monnier, d'être en face de Michèle sans que ce soit elle. Michèle en mieux, finalement. Il se demanda un instant si celle-ci était réellement au paradis des elfes… si elle était heureuse. En tout cas, la dernière répartie de Llionann prouvait que cette dernière se détendait. Ce qui était plutôt de bon augure.

Elle-même s'en rendait compte et commençait à se sentir à l'aise parmi ces gens. *Tout compte fait, Nimraëlle a sans doute raison*, songea-t-elle. *Ils ne sont pas si différents de nous.* C'était certainement cela qui expliquait…

— Que sais-tu des âmes sœurs, Nimraëlle ? l'interrogea la reine à brûle-pourpoint.

La jeune femme cligna des paupières, désarçonnée par cette question inattendue, et prit quelques secondes de réflexion avant de répondre.

— Eh bien… ce n'est qu'une légende, Majesté, balbutia-t-elle. Mais elle raconte qu'une âme peut être partagée en deux et croître dans deux corps séparés, formant ainsi deux êtres distincts. Et que ces deux êtres n'auront de cesse de chercher leur autre moitié jusqu'à la mort.

— Ce n'est pas l'exacte vérité, corrigea doucement la reine. Il arrive en effet que le destin élise deux individus singuliers pour une seule et même âme, toutefois il le fait toujours dans un but précis. Les deux parties de cette âme, les âmes sœurs, n'auront effectivement de cesse de se retrouver et de fusionner, mais cela, uniquement afin de réaliser ce pour quoi elles ont été créées à l'origine. Lorsque leur tâche est accomplie, l'âme reconstituée choisit l'un des deux corps dans lequel elle se fond.

— Mais alors, s'inquiéta Nimraëlle, que devient l'autre corps ?

— Il trépasse, bien sûr, répondit Llionann sans la moindre émotion. En revanche, l'âme demeure une, et sauve.

— Et qu'est-ce que cela a à voir avec…

Nimraëlle pâlit brusquement et vacilla sur ses jambes alors que la compréhension la percutait de plein fouet.

— Non ! gémit-elle, au désespoir. Je ne le permettrai pas. C'est moi qui mourrai, pas lui.

— Ma fille, l'admonesta Llionann, sois raisonnable. Ce n'est qu'un humain, après tout, alors que, toi, tu es une elfe, une élue du Créateur.

— Je ne suis qu'une servante, répliqua vertement Nimraëlle. Cet humain vaut bien plus que moi. Son cœur est plus noble que celui de n'importe quel elfe de ma connaissance… ne vous en déplaise, Majesté.

La diatribe véhémente de la jeune elfe laissa la reine un instant sans voix, puis elle lui répondit d'un ton calme et posé, dépourvu de colère.

— Tu n'es plus une servante depuis le jour où tu as hérité de la charge de ton peuple, Nimraëlle. Notre destin est entre tes seules mains, et cela t'institue notre souveraine de fait. Tu es, en réalité, la personne la plus importante au monde, désormais.

Ce fut au tour de Nimraëlle de rester interdite. Puis, elle fit non de la tête et répéta fermement :

— Je ne le permettrai pas. Recouvrez cette charge dont je n'ai jamais voulu et que je ne souhaite plus assumer. Redevenez la reine, reprenez votre peuple et laissez-moi rejoindre l'autre moitié de moi. Soit nous mourrons ensemble, soit nous vivrons ensemble.

Sa détermination était telle que Llionann ne trouva rien à objecter. La douleur qu'elle percevait chez sa servante la bouleversait. Elle acquiesça avec douceur :

— Je consens à reprendre les âmes du peuple elfique, Nimraëlle, et à accomplir la mission de Renaissance pour chacun d'entre eux. Mais cela n'empêchera pas l'inévitable de se produire. Le destin est présentement à l'œuvre, ne le vois-tu pas ? C'est ton corps qui a été choisi – à juste titre, si tu veux mon avis – et celui du jeune humain se soumet déjà. Tu ne peux aller contre cette vérité.

— Eh bien, je mourrai avec lui, déclara l'elfe en pleurant.

Elle sanglotait, et les larmes qui inondaient ses joues et son menton s'écoulaient sur le visage de Guillaume tandis qu'elle l'étreignait convulsivement.

Profondément émue par le chagrin de Nimraëlle, la reine Llionann décida alors de lui accorder ce qu'elle revendiquait si ardemment.

— Il existe un moyen de le sauver, Nimraëlle, avoua-t-elle gravement.

La jolie elfe redressa la tête et cessa de pleurer, les yeux agrandis par l'espérance.

— Mais ce sera lui ou toi, ajouta la souveraine en la défiant du regard.

— Je suis prête à tout pour qu'il vive, assura Nimraëlle en imprégnant son ton et son attitude de toute la résolution de son âme.

Llionann soupira et jeta un œil vers les humains, dans l'espoir un peu naïf que l'un d'eux saurait la dissuader, néanmoins, elle ne lut sur leurs visages que joie et impatience à l'idée que le jeune homme survécût. Alors elle abdiqua pour de bon.

— En premier lieu, expliqua-t-elle, je reprendrai à ma charge l'héritage de notre peuple. Ensuite, tu iras retrouver ton âme sœur au cœur des couloirs oniriques, et ce sera à toi de le persuader de se battre pour vivre. S'il le fait et que tu te soumets, la fusion des âmes se fera en faveur de son corps, et non du tien.

Les épaules de Nimraëlle se voûtèrent.

— Il n'acceptera jamais, se lamenta-t-elle.

— Alors tu devras lui mentir, assena la reine. Si c'est vraiment ce que tu veux, tu feras ce qu'il faut pour l'obtenir.

Elle se rendait compte qu'elle était dure avec la jeune fille, surtout après tout ce que cette dernière avait consenti afin de sauver les siens, mais elle la connaissait bien et elle savait qu'elle ne se remettrait jamais d'avoir laissé mourir Guillaume. Qui que soit cet humain, il lui avait visiblement fait très forte impression, même indépendamment du fait qu'il était son âme sœur. Llionann était impatiente de le rencontrer.

Nimraëlle avait pâli et s'était tournée vers Ahmed. Elle percevait l'amitié qui le liait à Guillaume et tentait de s'y accrocher. Elle interrogea l'Égyptien du regard, écartelée par l'alternative à trancher. Trahir le jeune homme et qu'il vive, au risque qu'il la haïsse pour son geste, ou l'abandonner lâchement à son sort en se trahissant elle-même ?

— Je ne peux prendre cette décision à votre place, Madame, s'excusa doucement Ahmed, répondant ainsi à sa question muette. Je serai très triste s'il meurt, mais le monde perdrait beaucoup en vous perdant, vous.

— N'y a-t-il véritablement aucune chance que tous les deux survivent ? intervint le médecin qui s'était contenté d'observer jusque-là. Quelqu'un a-t-il au moins déjà essayé ?

La reine le toisa de cet air méprisant, qui cadrait décidément mal avec le visage de Michèle, pensa Monnier.

— Nous n'avons plus connu d'âmes sœurs depuis de nombreuses générations, expliqua-t-elle néanmoins. Il n'y en a même pas eu de mon vivant, à ma connaissance. Toutefois, les légendes sont formelles : les âmes sœurs sont destinées à se retrouver et à fusionner dans un seul corps. Il n'y a pas le moindre doute là-dessus.

— Dans ce monde-ci, insista le praticien, les légendes représentent, par essence, le récit déformé et romancé d'une réalité depuis longtemps devenue obsolète. On ne peut donc pas les tenir pour des vérités tangibles. Vous n'avez aucune preuve de ce que vous soutenez.

L'éclat de colère qui traversa le regard de Llionann aurait renversé une armée à lui seul, pourtant le médecin garda le cap, droit dans ses bottes, attendant sa réponse. La reine inspira profondément afin de se calmer, et c'est d'une voix ferme et polie qu'elle poursuivit :

— Vous êtes des humains, nous sommes des elfes. Ce que vous appelez « légendes » n'est peut-être plus pour vous qu'un ramassis de contes pour enfants, mais ce n'est pas le cas en ce qui concerne notre peuple. Nos légendes sont la mémoire vivante de notre histoire, transmises de génération en génération à travers notre sang. Elles ne sauraient être remises en question.

Cela posé, elle se détourna vers Nimraëlle.

— Alors, que décides-tu ? Commençons-nous ?

— Oui, Majesté, acquiesça fermement la jeune elfe, je suis prête.

CHAPITRE DIX

Toutes les deux prirent place sur le lit de camp, assises l'une à côté de l'autre. Nimraëlle ne quittait pas Guillaume des yeux. Llionann s'empara des mains de son inféodée. Elle ferma les paupières et entonna l'incantation. Son chant était magnifique. Il montait vers le ciel tel un psaume, une ode à la lumière ou un cantique sacré. Sans que les humains présents s'en aperçoivent, hypnotisés par la voix de Llionann, elle inversa le sort de conservation et récupéra les mille cinq cents âmes de son peuple. Elle les sentait vibrer en elle à présent, comme autant de flammes vivantes qui ne demandaient qu'à briller au grand jour. La reine ne put cacher son émotion et sa joie de les retrouver, de savoir que, bientôt, elle pourrait de nouveau les serrer dans ses bras. Son peuple, ses enfants.

Nimraëlle, de son côté, redécouvrit le vide d'être seule avec elle-même pour la première fois depuis des millions d'années. Elle frissonna. De froid, mais pas seulement. Elle avait le sentiment de n'être plus rien. De ne plus faire partie de ce monde. D'être déjà du passé. Michèle avait-elle ressenti cela juste avant de quitter son corps pour Sérënor ? S'ébrouant afin de ne pas laisser la peur et la tristesse l'envahir, la jeune elfe se tourna vers Ahmed.

— Pourriez-vous réunir les deux couches, ami de Guillaume ? le pria-t-elle dans un sourire confiant.

Llionann s'était levée et venait de s'approcher du professeur Monnier. Elle souhaitait lui parler sans tarder de la manière dont se passerait la Renaissance de son peuple. En entendant la requête de sa servante, elle pivota brusquement vers elle et l'attrapa par le bras.

— Tu pars déjà, Nimraëlle ? s'enquit-elle avec émotion. Tu ne veux pas rester encore un peu avec moi ? Tu connais ces gens, tu me serais très utile…

— Je n'ai que trop attendu, Majesté, j'ai peur de le perdre si j'atermoie. Ne vous inquiétez pas pour votre mission, je vous envoie Guillaume. Il vous aidera. Dites à ma mère que…

Elle éclata en sanglots. Llionann sentit avec horreur les larmes affleurer ses paupières, elle qui parvenait si bien à masquer tout émoi, d'ordinaire. Mais elle avait pris vie dans le corps d'une humaine, et d'après le peu qu'elle en savait, c'était un peuple de sentiments et de sensations. Les siens allaient devoir s'en accoutumer. L'impassibilité des elfes ne serait plus de mise dans le nouveau monde. Acceptant cet état de fait, elle laissa les larmes rouler sur ses joues et serra son ancienne servante contre son cœur.

— Je leur dirai, à tous, ce que tu as enduré pour eux. Ton courage, ton abnégation et ta loyauté sans faille. Ta mémoire sera honorée à travers les âges et ton prestige rejaillira sur les tiens. Je suis tellement fière de toi, Nimraëlle !

Toutes deux restèrent quelques minutes dans les bras l'une de l'autre, puis la jeune elfe se dégagea doucement. Elle avait retrouvé sa sérénité. Elle remercia chaleureusement son aînée avant de s'allonger sur le lit vacant, à côté de Guillaume. Elle se tourna vers lui, l'embrassa sur la joue, glissa la main au creux de sa paume calleuse et laissa le sommeil l'emporter.

J'errais depuis des jours dans le hangar gris et froid de ma conscience, seul, avec pour unique consolation la certitude que Nimraëlle était vivante. Si elle s'était trouvée à l'intérieur des limbes, j'aurais été enveloppé de son brouillard blanc, tiède et doux. J'aurais entendu sa voix. Le vide me réjouissait, parce qu'il était le signe qu'elle était debout, libre et heureuse. Et c'était tout ce qui m'importait. Je l'imaginais marchant sur le sable au crépuscule, les cheveux flottant dans le vent du

soir... et j'avais envie de pleurer de ne pas être à ses côtés pour voir ça. Puis je me maudissais d'être si égoïste et réchauffais mon cœur à l'idée qu'elle accueillait le soleil chaque matin. À ma place. En mon nom. Je n'avais besoin de rien d'autre pour exister et me sentir heureux, finalement.

Puis le brouillard blanc était arrivé. Lentement, il s'était élevé du sol, amenant avec lui la douceur, la tiédeur... et elle.

— Pourquoi es-tu revenue ? demandai-je, angoissé. Je ne t'ai pas donné assez ?

— Bien assez, beaucoup plus que tu ne crois... bien trop en fait. Grâce à toi, mon peuple est sauvé.

— Bon, mais je ne me réveillerai pas...

C'était une constatation plus qu'une question. De toute façon, j'avais déjà fait mon deuil de mon passage sur Terre. Tout ce qui m'importait, désormais, c'était que Nimraëlle profite de sa renaissance.

— Je crains que non, en effet, m'avoua-t-elle, et je vais rester avec toi, maintenant. J'ai fait renaître ma reine dans le corps de ton amie, Michèle, qui le lui a offert spontanément. Llionann s'occupera du peuple elfique, dorénavant. Elle s'acquittera de la mission qui était la mienne.

Mon cœur se serra d'angoisse à ces mots et je ne pus que balbutier :

— Je ne comprends pas. Pourquoi ne peux-tu pas rester là-bas ? On ne peut être ranimés ni l'un ni l'autre ?

— Il semblerait que non, murmura-t-elle.

Il y avait tant de désolation dans ses mots que j'eus envie de la prendre dans mes bras… si seulement j'avais pu.

— Que s'est-il passé ? demandai-je alors.

— Nous sommes des âmes sœurs, Guillaume, m'expliqua sa voix en tremblant. Cela signifie que mon âme n'est que la moitié de la tienne et que la tienne est la moitié de la mienne. Cela implique, dit-elle encore au milieu des sanglots, que désormais, puisque les deux moitiés sont réunies, seul l'un d'entre nous pourra vivre avec une âme entière… l'autre disparaîtra.

J'étais épouvanté. Un bloc de glace me broya le cœur, m'empêchant de respirer.

— Prends-la, Nimraëlle, m'écriai-je sans réfléchir. Tu as attendu si longtemps ton retour à la vie, prends-la ! Va marcher dans les dunes, respire l'air de la nuit, observe les étoiles, prie pour moi au lever du soleil, goûte les saveurs dont tu as été si longtemps privée, mais vis, Nimraëlle, je t'en supplie, vis !

— Pas sans toi…

Et elle pleurait. Elle pleurait ! J'entendais ses sanglots, je pouvais sentir son désespoir et l'intensité de sa peine. Je ne comprenais plus.

— *Pourquoi pleures-tu ? demandai-je, troublé.*

— *Parce que je ne veux pas te perdre. Parce que je t'aime. Parce que je ne veux pas vivre dans un monde où tu n'es pas… Je n'ai même pas pu voir la couleur de tes yeux.*

— *Je n'ai pas vu les tiens non plus, murmurai-je abasourdi, émerveillé par ce que je venais d'entendre, et en même temps, désemparé par ce qui nous tombait dessus.*

J'avais tellement rêvé…

— *Moi non plus, je ne veux pas vivre dans un monde où tu n'es pas, lui dis-je encore. Je préfère pas d'âme du tout à une entière qui me priverait de toi.*

Je réfléchis un instant, tentant frénétiquement de trouver une solution, d'endiguer ses pleurs. Mon cœur, qui n'avait cessé de s'affaiblir ces jours passés, battait à tout rompre à présent, et j'entendais le sien cogner lui aussi tel un oiseau prisonnier contre les barreaux de sa cage.

— *Ne peut-on pas mourir tous les deux et partir ensemble vers les étoiles ?*

— *Llionann dit que c'est impossible, soupira Nimraëlle. Qu'on ne dispose pas de son âme à sa guise et que l'on ne peut rien contre le destin.*

— *Stupide ! grondai-je, soudain furieux. Je ne me laisserai pas flouer sans combattre. Qu'il essaie de me prendre mon âme, ou de t'enlever à moi, ton foutu destin ! Qu'il essaie !*

— *Et qu'imagines-tu pouvoir faire, Guillaume ? cria-t-elle. Si les plus hauts mages des elfes, si la reine elle-même soutient que c'est impossible, c'est que ça l'est ! Crois-moi !*

Sa capitulation m'épouvantait et me plongeait dans une rage folle, cependant je pris sur moi afin de me calmer. Je devais à tout prix la convaincre de lutter, de ne pas abandonner.

— *En quel dieu crois-tu, Nimraëlle ? demandai-je, même si je connaissais sa réponse.*

— *Nous n'avons pas vraiment de dieu unique, nous croyons à des forces, comme le destin, justement, la nature, le soleil, la terre, l'ombre et la lumière...*

— *Moi, je n'ai qu'un seul dieu, Nimraëlle, affirmai-je avec plus de fermeté et de certitude que j'en estimais posséder. C'est l'amour que j'ai pour toi. Et ce dieu-là est tout puissant, il abat les montagnes et traverse le temps. Je crois en lui, et je te jure qu'il ne nous laissera pas tomber. Y croiras-tu avec moi ?*

Elle ne répondit pas tout de suite, si bien que j'eus l'impression d'être suspendu à une corde au-dessus d'un gouffre.

— *Oui, admit-elle enfin dans un souffle, de tout mon cœur et de toute la moitié de notre âme. Ce dieu-là, j'y crois plus que j'ai jamais cru au soleil.*

Je ne m'attendais pas à ce qu'elle me suive aussi facilement, toutefois j'étais tellement heureux que je n'y prêtai guère attention.

— *De toute façon, ajoutai-je d'un ton plus léger, il n'est pas question que je meure avant d'avoir vu tes yeux.*

Elle rit. J'avais déjà gagné ça.

— *Et moi, affirma-t-elle de sa voix la plus suave, il n'est pas question que je meure avant d'avoir senti tes mains sur moi.*

Ses derniers mots me frappèrent avec la force d'un coup de tonnerre. Une déflagration rugissante, une explosion qui réduisit en miettes mon corps, mon cœur… et mon cerveau.

Elle m'aimait, elle me désirait ! Dans l'infirmerie, Nimraëlle avait vu mon visage, et forcément le reste de ma personne aussi, et après ça, elle voulait quand même de moi. J'étais au septième ciel, et rien, désormais, n'aurait pu m'empêcher de reprendre connaissance. Je savais qu'elle allait bien et qu'elle n'était venue me retrouver au cœur du vide que parce qu'elle refusait que je meure tout seul. Alors je n'allais pas mourir. J'allais me réveiller et la ramener avec moi. Et nous allions vivre heureux et nous aimer sans que plus rien puisse nous séparer. L'énergie bondissait dans mes veines comme un cheval sauvage. La vague de chaleur et de désir que j'avais ressentie, la première fois, en frôlant du bout des doigts la peau de Nimraëlle m'engloutit violemment. Elle me brûla et me consuma en un instant, dans un déchaînement de douleur et de plaisir.

Quand je revins à moi, la vie pulsait à travers les battements de mon cœur. J'avais quitté le brouillard du rêve. J'étais de retour sous la tente infirmerie, allongé sur mon lit de camp. Dans ma main, je tenais serrée à l'écraser celle, frêle et douce, de Nimraëlle. Mais ses doigts restaient inertes et froids. Comme tout le reste de son corps…

CHAPITRE ONZE

La glace m'envahit, bloquant ma respiration et déchirant tout à l'intérieur de moi. Je voulus hurler. J'ouvris grand la bouche sans qu'aucun son en sortît. Je me débattis. Des mains m'agrippaient pour m'empêcher de bouger. Des bras m'enserraient et me retenaient.

Le temps s'écoula – des secondes ? des heures ? – dans ce silence brutal et coupant, dans ce brouillard vide et métallique.

La non-vie.

Nimraëlle était morte, elle m'avait abandonné. Ou pire : c'est moi qui l'avais laissée là-bas et lui avais volé son âme. Je la sentais en moi. J'en percevais les contours, sorte de boule d'énergie douce et vibrante, chaude et magnifique. De rage et de désespoir, je la repoussai jusque dans les tréfonds de ma conscience, incapable de supporter mon crime. J'étais un assassin doublé d'un voleur. J'avais aspiré l'âme de la femme que j'aimais… et elle était morte. Et moi, je ne serais plus jamais vivant. C'était ça, la non-vie. Je finis par lâcher prise et me laissai errer dans mon marasme interne.

Puis – combien de temps après ? – une voix inconnue parvint à se frayer un chemin jusqu'aux lambeaux de ma conscience.

— C'est ce qu'elle voulait, Guillaume. C'était sa volonté, que tu vives. Le seul moyen de l'obtenir consistait à te convaincre de te battre. Et elle a réussi. Je ne sais pas comment elle s'y est prise ni ce qu'elle t'a dit pour que tu luttes à ce point. Pour que tu parviennes à conjurer le destin. Mais elle a réussi. Si tu observes les étoiles, je suis sûre que tu y verras son sourire.

J'ouvris les yeux sur le visage incongru de Michèle transformée en elfe… Llionann.

— Nous l'avons inhumée au sommet de la montagne, poursuivit-elle. Sous un jeune olivier que nous avons planté. Son âme vit en toi, et son corps vivra dans l'olivier.

Je ne répondis rien, me contentant de la regarder fixement, hébété et perdu. Elle passa des heures à m'expliquer ce qui s'était produit et pourquoi. Je n'étais ni en mesure ni disposé à comprendre. Néanmoins, étrangement, alors qu'elle avait sérieusement tendance à snober tous les humains, y compris le professeur Monnier, elle me traitait avec bienveillance, respect et une patience louable. Ce qui eut finalement pour effet de m'aider à reprendre mon empire sur moi-même. Je décidai de murer la partie de mon âme qui avait appartenu à Nimraëlle, jusqu'à ce que je me sente capable de l'affronter. Si ce moment venait un jour. En attendant, je n'y toucherais pas et tâcherais d'oublier qu'elle était là. Ensuite seulement, je me mis à écouter la reine avec attention.

Pour elle, j'incarnais le lien idéal entre son peuple et le mien. Si ma connaissance de leur histoire, de leurs coutumes et de leur personnalité n'était pour l'instant que parcellaire, elle dépassait malgré tout largement celle de n'importe qui d'autre dans notre monde. Et surtout, je partageais l'âme de l'une d'entre eux, même si je ne m'en autorisais pas encore l'accès. Llionann espérait donc que je pourrais aider les humains à comprendre les elfes, et ainsi faciliter les échanges… de corps. Nimraëlle ne m'avait jamais clairement révélé comment les âmes de ceux qu'elle portait en elle pourraient se réincarner. D'où ma fureur et mon indignation après l'explication de sa souveraine.

— En réalité, les mythes vous classent à l'avant-garde des créatures « du bien », mais vous n'êtes rien d'autre que des parasites, des vampires qui se nourrissent de l'âme de leurs victimes et usurpent leur vie ! avais-je accusé.

— Tu sais parfaitement que c'est faux, Guillaume, avait rétorqué calmement la reine des elfes. Ce sort de Renaissance n'avait été utilisé qu'en de très rares occasions avant que le cataclysme nous contraigne à le lancer à grande échelle. Nous aurions largement préféré conserver notre apparence d'origine, crois-moi ! Même si je serai éternellement reconnaissante à ton amie de m'avoir offert ce corps, il ne remplacera jamais celui avec lequel je suis née.

— Vous étiez programmée pour mourir à ce moment-là, comme tous les vôtres. Vous êtes allée contre la nature en soustrayant votre peuple à son destin. Et si j'ai bien compris vos croyances, cette décision va à l'encontre de tout ce que vous défendez : la mère Nature, que vous respectez tant et avec laquelle vous vous targuez de communier, a été doublée sur ce coup-là. Vous faites une belle hypocrite.

— C'est plutôt toi, l'hypocrite, tu ne penses pas ? Qu'est-ce que tu serais prêt à faire pour que Nimraëlle revienne ?

Là, elle m'avait mouché. Terrassé, plutôt. Me disputer avec elle, que je tenais pour responsable de mon malheur – il fallait bien un coupable ! –, m'avait fait du bien, et je n'avais aucune envie de capituler, pourtant, au fond de moi, je savais que j'aurais mille fois renoncé à mon corps afin que ma bien-aimée puisse encore marcher sous les étoiles. Et je me doutais que Michèle, telle que je la connaissais, avait consenti ce sacrifice avec honneur et joie. Il ne m'était donc pas si difficile d'imaginer que d'autres accepteraient l'offre des elfes de leur plein gré, et même avec fierté. Ne serait-ce que les désespérés et les suicidaires dont notre société dépravée regorgeait.

Dans les jours qui suivirent, je partageai mon temps entre mon deuil – je passais des heures à errer dans les sables ou couché au sommet de la Cime, à pleurer toutes les larmes de mon corps sur la tombe de Nimraëlle – et Llionann, que j'appréciais de plus en plus et pour laquelle j'éprouvais désormais un grand respect. Nous étions convenus de nous instruire mutuellement de l'histoire, des coutumes et de la langue de nos peuples, et cela occupait une bonne partie de nos journées. La souveraine elfique apprenait très vite. Elle se montrait même si avide de savoir que je dus recourir à Internet pour me seconder dans ma tâche, et là encore, Llionann révéla une capacité d'assimilation impressionnante. Elle maîtrisa bientôt l'informatique aussi bien que moi. Idem quant aux langues : quelques heures en compagnie de Jorg, et elle parlait couramment norvégien. Ahmed lui enseigna l'arabe et elle acquit de la même façon l'anglais, l'allemand, l'espagnol et le russe, rien qu'en fréquentant les gens du camp. Mon respect envers elle se muait de jour en jour en admiration. De mon côté, j'étais fasciné par tout ce qui concernait les elfes : leur parler magnifique, leurs croyances, leur manière de concevoir l'existence et l'univers…

— L'équilibre et l'harmonie sont nos valeurs fondamentales, insistait souvent Llionann pour que je comprenne bien. Chaque elfe consacre son existence à tendre vers cet idéal. Équilibre et harmonie entre Ammenorath et Sérënor, entre la vie et la mort, entre la nature et nous, entre nous et les autres, entre notre esprit, notre cœur et notre corps. Chacun de nos gestes, chaque décision que nous prenons sont motivés par ce principe absolu : équilibre et harmonie. D'après ce que j'ai pu observer depuis ma renaissance, ajouta-t-elle, désabusée, c'est loin d'être le cas de votre civilisation. Vos dogmes seraient plutôt pouvoir et argent, je me trompe ?

— C'est, certes, assez vrai, admis-je à contrecœur, mais l'humanité ne se résume heureusement pas à ce constat. Il ne faut pas s'arrêter aux apparences, Llionann. Je pense qu'au fond, la plupart des hommes aspirent tout simplement à être heureux. Ce qui leur manque, c'est de comprendre que le bonheur n'est réellement accessible qu'à travers l'équilibre et l'harmonie. Ils ont la volonté d'atteindre un but, mais ne connaissent pas le chemin pour y parvenir.

— Tu discours comme un elfe, me fit-elle remarquer en souriant.

Elle me regardait d'un air étonné, pourtant je voyais bien qu'elle était fière de moi, et cela m'émut plus que je l'aurais imaginé.

Llionann n'avait jamais été mère. Elle ne me le disait pas, mais je devinais qu'elle aurait donné n'importe quoi pour avoir un enfant, même un simple être humain. Et moi, j'avais coupé les ponts avec la mienne, depuis qu'elle m'avait ri au nez quand je lui avais parlé de mes rêves.

Je voyais combien la souveraine souffrait de ce manque. Les elfes jouissaient d'une très longue existence, qui affaiblissait en retour leur fertilité. La plupart des familles ne comptaient qu'un enfant, et nombreuses étaient celles qui devaient s'en passer, même après plusieurs siècles de vie commune. Ce fut le cas de Llionann. Elle vit venir le grand âge sans que son ventre ait fleuri, et son consort s'éteignit sans lui laisser d'héritière. Ce n'était pas une situation rare chez les elfes. Le trône, toujours dévolu à une femme, ne se transmettait pas nécessairement par le sang, et bien des reines désignaient elles-mêmes leur dauphine. Mais au-delà des raisons politiques, l'absence de descendance restait sa plus profonde blessure.

Je lui souris en retour, sans toutefois masquer ma propre détresse, et prononçai enfin les mots qu'elle attendait :

— Je le suis à moitié, souvenez-vous. La moitié de mon âme est elfique.

Ce qui n'était pas tout à fait vrai, puisque je conservais la part entière de Nimraëlle intacte et soigneusement enclose, mais cela, la reine n'avait pas besoin de le savoir. Pas encore.

— Et je pense que si les étoiles ont choisi cette époque pour la Renaissance des elfes, continuai-je, c'est parce que vous avez une mission à accomplir ici.

Vous devez nous montrer le chemin de l'équilibre et de l'harmonie.

Llionann garda le silence en me détaillant avec une certaine stupéfaction. Je lui offrais une légitimité et un but à atteindre : deux armes précieuses dans la lutte qu'elle allait devoir entreprendre pour installer son peuple dans ce monde inconnu et inhospitalier. Car même si elle avait été remarquablement bien reçue par l'équipe scientifique de Monnier, tous se doutaient que les choses allaient très vite se compliquer : avec les autorités locales, françaises, internationales, sans parler du reste de la planète. Lorsque toute cette histoire serait ébruitée et connue du grand public…
J'en avais des sueurs froides quand j'essayais de mesurer les conséquences et les implications d'une telle révolution…

CHAPITRE DOUZE

Guillaume n'était pas le seul à s'inquiéter. Le professeur Monnier, en tant que directeur du programme de fouilles, endosserait en priorité la responsabilité de la situation. Il serait le premier à se trouver sous les feux des projecteurs, à commencer par ceux de toutes les polices et services secrets de la planète. Conscient de ce à quoi il s'exposait, l'archéologue n'en dormait plus depuis des jours. À mesure qu'il anticipait les difficultés potentielles, il entrevoyait de nouvelles complications. Pourtant, il n'avait pas l'intention de se dérober. Le futur qu'il devinait, si elfes et humains marchaient main dans la main, valait bien tous les sacrifices. Plus il approfondissait sa connaissance de leur philosophie, de leur pouvoir sur la nature, et plus il percevait clairement les bénéfices que la société pourrait tirer d'un tel partenariat. En revanche, il redoutait au-delà de toute mesure les réactions des lobbies industriels et des gouvernements, quels qu'ils soient. Aucune structure exerçant une influence n'apprécierait l'émergence d'un bouleversement aussi fondamental de leur univers. Car l'apparition des elfes, de leur nature, de leurs pouvoirs et des idées qu'ils véhiculaient ne serait que la première secousse d'un gigantesque séisme social. Le concept même de leur réalité, des origines de la Terre et du nouveau futur qui allait s'ouvrir aux hommes risquait d'anéantir de nombreux socles sur lesquels s'appuyait jusqu'ici l'économie mondiale… sans parler des religions.

Il y avait en effet de quoi mouiller sa chemise, et pas que…

Pourtant, au beau milieu de son chaos, Pierre trouva un allié inattendu. Ahmed, le simple terrassier, sortit de sa besace des compétences en diplomatie appliquée tout à fait étonnantes. De ses premières amours journalistiques, il avait gardé une aisance verbale, une science politique et une habileté stratégique remarquables.

— Il n'y a que deux manières de procéder, avait-il expliqué au professeur et à la reine. Le silence absolu ou la pleine lumière. Il n'existe pas de compromis viable, et même ainsi, aucune des deux solutions n'est exempte de danger. Quoi que l'on fasse, on cherchera à nous arrêter. Par tous les moyens.

— Vous songez au meurtre ? présuma calmement Llionann.

Monnier avait pâli.

— Entre autres, oui, c'est même une éventualité des plus probables, confirma Ahmed.

— Que suggérez-vous ? s'enquit la souveraine, tout ouïe.

— Je privilégierais la lumière, en tablant sur la puissance de l'opinion publique. Il est plus difficile d'éliminer quelqu'un que tout le monde regarde, même s'il y a peu de chances qu'ils n'essaient pas, quoi qu'il en soit.

— Expliquez-vous, exigea Llionann.

— Avant d'informer quelque organisation que ce soit : politique, commerciale, religieuse ou autre, nous devons révéler votre existence à la presse mondiale, à très, très grande échelle. Quand le commun des mortels connaîtra la vérité, plus personne ne pourra l'étouffer. Je compte sur l'engouement populaire concernant tout ce qui a trait aux elfes et à la magie, depuis quelques années, pour exacerber la fascination des foules et provoquer très vite une vaste chaîne de soutien sur les réseaux sociaux. Si l'on agit rapidement et que l'on cible efficacement nos révélations, plus rien ni personne ne pourra nous arrêter. Il sera trop tard.

Llionann multiplia les questions sur ce qu'Ahmed avait appelé « l'engouement populaire au sujet des elfes ». Guillaume et lui se relayèrent pour lui raconter les mythes de la Fantasy, lui parler de Tolkien, du « Seigneur des Anneaux », et de tout ce qui s'en était ensuivi depuis quelques décennies. Elle passa bien vite de la stupéfaction à l'émotion lorsqu'elle saisit combien les elfes qu'avait inventés ce Tolkien ressemblaient si fort à la réalité. C'était d'ailleurs l'un des points les plus positifs de toute l'histoire, car il leur serait ainsi encore plus aisé de charmer les foules et de les gagner à leur cause.

Quand ils eurent arrêté une stratégie, Ahmed et Guillaume s'en ouvrirent à Monnier et à Llionann. Après approbation, le professeur réunit l'ensemble du camp dans le réfectoire et leur exposa la situation. Désormais, tous, du plus éminent chercheur au plus humble manuel, connaissaient non seulement la présence de Llionann, mais l'intégralité de ce qui s'était passé depuis la fameuse lumière blanche et l'évanouissement de Guillaume. Chacun d'eux s'était déclaré prêt à s'investir pleinement en faveur de l'incroyable projet de la reine : faire une place à son peuple au sein de la société française (dans un premier temps), trouver des donneurs de corps pour les âmes elfiques et faciliter leur intégration dans le monde moderne. Une gageure ! Et pourtant, pas un seul d'entre eux n'aurait échangé sa place. L'aventure la plus invraisemblable et la plus merveilleuse qu'ils aient jamais imaginée leur tendait les bras.

Phase numéro un : chacun devait contacter ses relations les plus exhaustives, leur dévoiler toute l'histoire et leur demander de la propager au maximum. Pendant ce temps, Ahmed renouerait avec ses anciennes fréquentations dans le milieu de la presse afin de vendre son scoop au plus grand nombre.

Ensuite, ils serreraient tous les dents en attendant les réactions, qui ne devraient pas être longues à déferler.

La phase deux concernait surtout Monnier, qui recevrait sans doute très vite des représentants de la fondation et des autorités locales pour tirer les événements au clair. À ce moment-là, le battage médiatique devrait avoir déjà fait son effet, sinon…

Mais chaque chose en son temps, songea Ahmed, qui s'était placé à la tête du projet. Ils régleraient les problèmes un par un, au fur et à mesure, en s'y mettant tous ensemble. Retrouver un peu de vie dans le regard de Guillaume et le tenir suffisamment occupé pour qu'il ne puisse pas ruminer, voilà qui lui importait presque plus que de voir renaître les elfes ! Et cela, le jeune homme l'avait bien compris.

Ainsi Guillaume mit-il toute son énergie dans la Renaissance du peuple de Nimraëlle, y projetant tout son amour et sa dévotion à l'égard de celle dont il n'avait jamais vu les yeux ni le sourire. Il ne fallut que quatre jours au gouvernement français pour envoyer un émissaire rencontrer la *supposée* reine des elfes, et trois semaines à peine avant que celle-ci soit accueillie en grande pompe à Paris par le Président de la République. Quelques mois plus tard, les premiers petits villages elfiques voyaient le jour aux quatre coins de la France ; tout cela était encore neuf et expérimental, bien sûr, et pourtant l'environnement s'en ressentait déjà. Autour des zones où on leur avait accordé un terrain pour y installer une communauté, l'air était plus pur, l'eau plus claire, la végétation plus riche et la faune plus vivace. L'effet bénéfique de la présence des elfes s'étendait de jour en jour. La vibration de leur magie éclipsait celle des appareils électroniques, des satellites et des ondes de toutes sortes, sans toutefois en altérer l'efficacité, ce qui représentait une amélioration majeure pour la santé des êtres humains, surtout à proximité des villes.

Bientôt, les mille cinq cents âmes premières eurent retrouvé un corps, et on avait dû refuser les candidatures par milliers. Des associations réclamant le droit au mariage mixte elfes-humains commencèrent même à fleurir. Loin d'horrifier ou de rebuter la population, la présence de ces voisins surprenants agissait comme une immense vague d'espoir et de renouveau.

Certes, tout ne s'était pas déroulé aussi aisément au départ. L'équipe d'Ahmed avait essuyé quelques tempêtes. Notamment les tentatives de discrédit de la part de divers partis d'extrême droite, et en particulier, celui de Geerd Vermeulen. Ce dernier s'indignait de voir la race humaine polluée par des « bêtes préhistoriques » dont on ne savait pas si le but n'était pas, finalement, d'annihiler notre espèce…

Ou, plus inattendue, la menace qui surgit du cœur même de l'entourage de Llionann. Le haut-mage Novor Othran, initiateur du processus de Renaissance, estimait indigne de la si pure race elfique d'avoir à mendier des corps alors que, grâce à leur puissance magique, ils auraient tout simplement pu prendre ceux qu'ils voulaient et réduire le reste des humains en esclavage. Ce sinistre, mais incontournable, ministre de Llionann avait carrément tenté de provoquer un soulèvement parmi les elfes, dans le sombre dessein de s'emparer du pouvoir. Heureusement, ces derniers étaient des êtres pacifistes et fermement loyaux à leur reine. Même ceux qui auraient été enclins à penser comme Othran ne se laissèrent pas dévoyer.

Durant les deux années écoulées, Guillaume s'était forgé de véritables amitiés parmi les elfes, dont certains avaient connu Nimraëlle. Il avait abandonné l'entière responsabilité du projet Renaissance à Ahmed, refusant catégoriquement toute intervention, interview ou apparition publique. Il avait également quitté l'université, consacrant l'essentiel de son temps à l'enseignement de l'histoire de l'humanité à ses nouveaux amis. Petit à petit, il avait coupé les ponts avec ses anciennes connaissances, ses fréquentations, y compris sa famille. Il n'était pas parvenu à pardonner le scepticisme dont sa mère avait fait preuve lors de sa découverte. Néanmoins, la véritable raison de son exil s'avérait bien plus profonde. Guillaume se sentait un peu moins humain chaque jour qui passait, et davantage elfe. Son mode de pensée, sa manière d'être, ses goûts, ses idées, tout avait changé. Et s'il continuait à saluer le soleil chaque matin, c'était seulement parce que les elfes le faisaient aussi. Lui qui avait cru ne jamais pouvoir absoudre ces êtres au cœur froid de lui avoir enlevé Nimraëlle, se sentait à présent lié à eux par une intense communion spirituelle.

Cependant, il n'avait toujours pas trouvé le courage d'ouvrir la porte qui séparait son âme de celle de Nimraëlle. Chaque fois qu'il en évoquait l'intention, la douleur morale revenait, pareille à un coup de poignard. Alors, il abandonnait et s'en tenait aussi éloigné que possible. Pourtant, elle lui manquait. Comme elle lui manquait ! Comme il aurait pris plaisir à plonger au cœur des sentiments et des souvenirs qui l'attendaient derrière cette frontière ! Llionann lui avait dit que l'âme de Nimraëlle lui livrerait tout ce qu'elle avait été, pensé, ressenti, aimé… Il aurait voulu s'en nourrir, la respirer, se baigner dans ce qu'il restait d'elle. Mais il avait peur. Et s'il découvrait qu'elle ne l'avait jamais vraiment aimé ? Qu'il n'avait été qu'un moyen d'arriver à ses fins ? Et si, au contraire, elle s'était sacrifiée en toute connaissance de cause, comme Llionann l'affirmait, afin qu'il continuât de vivre ? Il ne pouvait toujours pas l'accepter. Il ne s'en sentait tout simplement pas digne.

Puis, un matin de printemps, alors que Guillaume, à son habitude, s'efforçait de ne pas entendre le chant des oiseaux ; qu'il se bornait à ne pas sentir l'odeur des fleurs sur le point d'éclore et qu'il refusait d'apprécier la caresse du soleil nouveau-né ; cependant qu'il tentait de noyer tout souvenir douloureux sous un fatras de pensées futiles, une idée fulgurante, venue d'on ne sait où, lui bondit à l'esprit. Elle n'était pas née, petit à petit, d'une réflexion ordonnée. Elle n'était pas non plus apparue timidement pour faire son chemin. Non, elle s'imposa, brutalement, prenant soudain toute la place, lui coupant le souffle et ne lui laissant plus la moindre chance de songer à autre chose.

Rétrospectivement, il se dit qu'elle devait être là depuis un bon moment, mais qu'il lui avait fallu un déclic pour jaillir. Et ce déclic avait été une jeune femme en équilibre instable sur la balustrade d'un pont. Ses cheveux n'étaient pas bleus, mais blonds. Elle ne possédait pas la perfection des traits, de la peau et de la silhouette de Nimraëlle, cependant, tout en elle avait rappelé à Guillaume sa *fiancée*. Elle s'apprêtait visiblement à sauter, et le jeune homme sut en la voyant, avec une absolue certitude, qu'elle était sa seule chance de retrouver Nimraëlle. Son cœur se mit à bondir et à battre comme un forcené après deux années de marasme. Si durant tous ces mois, il avait réussi à maintenir bien distinctes les deux parties de son âme, c'est qu'en réalité, il n'avait pas besoin de la seconde moitié pour vivre… quoi qu'aient affirmé Llionann et Novor Othran. Alors, qu'est-ce qui lui interdisait de faire don à un autre corps de la partie dont il ne se servait pas ? Rien ne s'opposait à ce qu'il alloue une nouvelle enveloppe à Nimraëlle ! Après tout, le pire qui pouvait arriver, c'était leur mort, à lui comme à la donneuse. Si cette dernière était déjà déterminée à abandonner ce monde, que lui importait que la Renaissance échoue ? Quant à lui, que lui importait de vivre sans Nimraëlle ?

Après avoir empêché la fille de sauter, il parvint à la convaincre – surtout parce qu'elle le reconnut comme étant le célèbre et mystérieux « découvreur » des elfes – de le laisser lui offrir un verre. Il souhaitait simplement, lui dit-il, qu'elle lui explique pourquoi elle voulait en finir.

— Je me bats depuis bientôt deux ans contre une leucémie, lui avoua-t-elle d'un air gêné. Et je sais depuis quelques semaines que c'est la maladie qui a gagné. J'ai atteint ce qu'on appelle le « dernier stade », celui où plus personne ne peut rien faire. Mes perspectives d'avenir s'étendent de quelques jours à un ou deux mois, maximum, et je vais vers davantage de douleur, de déchéance et de dégradation physique. C'est un fait. C'est inéluctable.

— Je suis désolé, murmura Guillaume, très ému. Quel est ton nom ?

— Angélique, répondit-elle.

— Un ange… ce doit être le destin, commenta-t-il, plein d'espoir. Sais-tu que donner ton corps à un elfe le régénère et le soigne ?

— Je le sais, oui, soupira-t-elle avec amertume. Quand j'ai appris que j'étais malade, il y aura deux ans de cela dans quelques semaines, le projet Renaissance était déjà lancé et semblait bien fonctionner. Je me suis aussitôt portée volontaire. Je savais que mon corps était sur le point de s'étioler et de s'affaiblir, et je refusais d'assister à ma propre déchéance. Je suis danseuse, voyez-vous. J'ai toujours pris grand soin de ma santé et de mon apparence, alors la perspective de devenir un déchet m'a terrifiée. J'ai rompu toutes mes attaches. J'ai déménagé sans dire à personne où j'allais et j'ai posé ma candidature pour une Renaissance. Mais j'ai été mise sur liste d'attente, comme beaucoup. Et à présent, il ne reste plus une seule âme disponible. Je n'ai donc plus d'autre alternative que le suicide. Je refuse de laisser cette saleté de maladie décider de mon sort.

Tentant de masquer l'espoir que provoquaient ces paroles en lui, Guillaume raconta son histoire à son tour. Il lui parla de sa bien-aimée, qui avait donné sa vie pour le sauver et dont l'âme demeurait intacte et préservée au cœur de son être profond. Puis, il lui exposa son idée et lui expliqua les raisons pour lesquelles il pensait que cela pourrait fonctionner.

— Il existe peut-être une possibilité que Llionann se soit trompée, déclara-t-il d'un ton fébrile, et que l'âme de Nimraëlle puisse habiter dans un autre corps que le mien. J'ai appris par hasard, il y a quelques semaines, que des âmes sœurs avaient survécu à leurs retrouvailles et qu'ainsi, elles avaient pu passer de longues années côte à côte. Selon mon ami Devriel, il ne s'agirait que d'un mythe sans fondement. Sur le moment, je n'y ai donc pas accordé foi, puisque Llionann était catégorique à propos des âmes sœurs et que Devriel semblait également très sûr de lui. Mais l'idée a fait son chemin en moi. Et quand je vous ai vue sur le parapet de ce pont, tout s'est éclairci dans ma tête. Llionann – qu'elle m'ait menti ou non – a pu se tromper dans son interprétation de ce qu'il advient des âmes sœurs. Elles ne sont peut-être pas destinées à fusionner mais à s'unir, comme dans le mariage : à la fois autonomes et liées. Il se peut que nos âmes n'aient pas été programmées pour se confondre après s'être retrouvées… sinon, elles l'auraient fait sans tarder à la mort de Nimraëlle, n'est-ce pas ? Voire avant, au moment même où elle a accompli sa Renaissance. Alors peut-être que, si on offre un nouveau corps à l'âme de Nimraëlle…

Il ne put poursuivre tant l'émotion lui serrait la gorge. Sa voix se brisa sur les derniers mots et il dut se battre afin de refouler ses larmes. De son côté, Angélique pleurait ouvertement, bouleversée par l'intensité des sentiments de Guillaume pour cette elfe.

— Est-ce que vous… tu me demandes de donner mon corps à Nimraëlle ? s'enquit-elle, pleine d'espoir.

— Je reconnais que ça peut sembler sordide, mais…

— Non ! C'est un vrai miracle ! Tu m'offres une seconde chance ! Tu ne peux pas imaginer comme je serais heureuse de savoir que mon corps guérira et qu'il permettra à ta fiancée de revenir ! Si tu estimes qu'il peut lui convenir, qu'elle ne sera pas déçue…

— Tu es parfaite, Angélique, la rassura-t-il rapidement. Mais ne te réjouis pas trop vite. Il y a quand même une probabilité que Llionann ait raison et que le transfert ne fonctionne pas. Dans ce cas-là, nous risquons de mourir tous les deux. Complètement et définitivement.

— Ça m'est égal, affirma-t-elle avec force. Quoi qu'il en soit, je suis déjà morte. Tu ne me promets rien, et c'est très honnête de ta part, mais sache que je suis prête à tout. Même s'il n'y a pas de Sérënor pour moi au bout du compte. De toute façon, je n'ai jamais été croyante. Je pense que le paradis n'existe pas. Il n'y a que l'enfer, et il est ici.

— Je ne sais pas grand-chose de Sérënor, lui avoua Guillaume dans l'espoir d'adoucir son amertume, mais je suis certain que tu y seras très heureuse, si tu y vas.

— Tu as sûrement raison, admit-elle en souriant. Ne te ronge pas les sangs pour moi. Je sais ce que je fais. Je suis pleinement consciente des conséquences, prévisibles ou non. Je m'en fiche. Je veux mourir de toute façon. Conduis-moi à ta reine. Maintenant.

CHAPITRE TREIZE

Ils arrivèrent pleins d'espoir à la fondation Renaissance, où Llionann tenait sa cour et avait ses appartements, excités comme des gamins une veille de Noël et nerveux comme des jeunes mariés. Llionann, qui n'avait jamais vu Guillaume joyeux, et très rarement souriant, l'observa avec des yeux ronds jusqu'à ce qu'il s'esclaffe.

— Promis, je n'ai rien bu et n'ai pris aucune substance illicite, Votre Majesté, ironisa-t-il. Fermez donc la bouche et cessez de me regarder comme s'il m'était poussé des cornes !

Angélique pâlit brusquement. Elle n'avait su que rougir tel un coquelicot quand le regard de la reine avait glissé sur elle. Et l'émoi l'avait rendue muette face à cette légende vivante. Mais la manière dont le jeune homme venait de s'adresser à la souveraine la choqua au point qu'elle hoqueta, effarée. Llionann, quant à elle, était bien trop heureuse de la transformation de son protégé pour s'en offusquer.

— Sérënor soit béni ! s'exclama-t-elle. Qu'est-ce qui te met tellement en joie, mon petit ? Dis-le-moi, que j'apprenne à accomplir ce miracle à mon tour.

— Il s'agit justement de quelque chose que vous pouvez faire pour moi, Majesté, annonça le jeune homme, radieux.

Les yeux brillants et agrandis de Llionann révélèrent à Guillaume qu'il avait éveillé son intérêt. Restait maintenant à la rallier à ses arguments. Comme la souveraine lorgnait sa compagne, il l'introduisit brièvement.

— Majesté, permettez-moi de vous présenter mademoiselle Angélique Heinrich.

La jeune femme s'inclina en une gracieuse révérence, mais ne put émettre qu'un timide « Majesté » à peine audible.

Llionann lui sourit poliment, conservant son masque royal, tout comme ses questions et réflexions. Elle attendait que Guillaume s'explique au sujet de la demoiselle, néanmoins, celui-ci sollicita un entretien privé d'urgence en présence d'Angélique. Davantage piquée par la curiosité, s'il était encore possible, Llionann les introduisit dans son salon particulier. Ils s'installèrent au fond des ravissants fauteuils de style baroque que la reine semblait affectionner. La pièce sortait tout droit d'un conte de fées, à l'instar du reste de l'appartement. Tous les meubles avaient été choisis pour leur look extravagant et fastueux, tapisseries, tapis et tentures foisonnaient, des centaines de bibelots parsemaient commodes et guéridons… aussi inutiles qu'ostentatoires. Depuis son arrivée, Angélique dissimulait sa surprise à grand-peine. Tout ce qu'elle avait appris en deux ans au sujet de ce peuple tendait plutôt à les présenter comme des êtres proches de la nature, chérissant la simplicité et la sincérité. Le logement de leur reine ne cadrait en rien avec cette description. Guillaume lui adressa un clin d'œil complice.

— Je sais, avoua-t-il à voix basse, moi aussi, je suis resté bouche bée, la première fois. C'est fait exprès. Llionann a vite compris qu'aucun chef d'État humain ne la prendrait au sérieux si elle ne correspondait pas aux clichés, à l'idée qu'ils se font d'une reine « Fantasy ». En réalité, elle déteste ces fanfreluches et ne rêve que du jour où elle pourra se trouver une cabane au fond des bois.

— « Cabane », tu exagères, mon Cher, rétorqua Llionann d'un air pincé. J'ai vu de magnifiques datchas sur Internet… je m'en ferai construire une au bord du lac d'Annecy, quand toute cette mascarade aura pris fin.

Angélique pouffa enfin sans pouvoir se retenir, déclenchant un éclat de rire salvateur chez les deux autres. Ils se calmèrent assez vite, cependant la tension s'était évaporée et Llionann se sentait désormais disposée à leur accorder son attention. En parfaite hôtesse, elle leur proposa d'abord des rafraîchissements, produisant un effort visible pour contenir son impatience. Invitation que, fort heureusement, ils déclinèrent.

— Très bien, décréta alors la souveraine. Venons-en au fait. Qu'est-ce qui te met de si bonne humeur, et en quoi cette demoiselle est-elle concernée ?

Llionann ne s'embarrassait généralement pas de fioritures, et c'était l'un de ses traits de caractère que Guillaume préférait. Aussi celui-ci commença-t-il aussitôt son exposé. De l'état dans lequel il avait préservé l'âme de Nimraëlle – à l'insu de tous, y compris de la reine – à la miraculeuse apparition d'Angélique sur ce pont, en passant par ses doutes sur l'origine des âmes sœurs, il raconta tout, et Llionann l'écouta attentivement. Guillaume bénéficiait auprès d'elle, depuis le premier jour, d'un statut unique et singulier, qu'elle n'avait alloué à aucun autre humain. Était-ce parce que, quelque part, Nimraëlle vivait toujours en lui ? Il n'en savait rien, mais la concentration et la gravité qu'elle accorda à ses propos confirma, s'il était encore besoin, en quelle estime elle le tenait.

Pourtant, quand il eut achevé son argumentation, et tandis qu'il attendait anxieusement sa réaction, Llionann garda le silence. Angélique se tortillait sur son fauteuil, stressée et impatiente. La reine semblait perdue dans des pensées désagréables, préoccupantes, ou en tout cas, embarrassantes. Une roseur diffuse avait envahi son cou et ses joues. Elle conservait les paupières baissées et ses longs cils tremblaient légèrement. Jamais Guillaume ne l'avait vue en proie à une telle lutte émotionnelle. D'ordinaire, elle maintenait sans peine ce qu'il appelait son « masque elfique », quel que fût le chaos qui régnait en elle. Sa réaction en disait beaucoup sur l'importance de ce qu'elle cherchait à dissimuler en cet instant. Et cela concernait forcément Nimraëlle.

Réalisant qu'elle lui cachait quelque chose de probablement capital, et ce, peut-être depuis longtemps, il sentit monter en lui une bouffée de colère, qui se mua en rage froide au fur et à mesure qu'il en prenait conscience. Cependant, il vivait entouré d'elfes depuis deux ans. Plus question pour lui de se laisser dominer par ses sens et ses passions. Il n'eut besoin que de quelques minutes pour maîtriser la fureur qui l'habitait. Son teint restait pâle et ses traits tendus, il respirait fort et ses yeux lançaient des éclairs, néanmoins il n'avait pas sauté à la gorge de la reine et ne s'était pas mis à hurler.

Un bon point pour lui.

— Allez-y, articula-t-il alors en vrillant un regard noir sur Llionann. Soulagez votre conscience, je suis prêt à tout entendre.

— Oh ! Ne monte pas sur tes grands chevaux ! maugréa la souveraine – *elle adorait les expressions de la langue française et en usait à l'envi… y compris quand la situation ne s'y prêtait pas.* Je n'ai rien fait de mal et je ne t'ai jamais menti. J'ai seulement choisi de ne pas te révéler quelque chose que j'ai appris récemment. J'ai pensé que c'était vain, que cela ne te ferait aucun bien, de toute façon. Je ne voulais pas que tu souffres inutilement.

— De quoi s'agit-il ? gronda Guillaume, de moins en moins patient.

— Quand Novor Othran est passé en jugement devant le tribunal du peuple, au début de l'hiver, pour acte de trahison envers la couronne, commença-t-elle, il a avoué des actions et donné des informations que j'ignorais.

— Concernant Nimraëlle ?

— Oui. Mais je ne te l'ai pas dit parce que cela n'aurait pas servi à grand-chose, on ne pouvait plus rien y faire de toute manière. C'est une révélation très grave qui remet en question nombre de nos croyances, toutefois elle ne concerne que les elfes.

— Alors je suis un elfe quand ça vous arrange, mais quand ça vous embarrasse, je redeviens un humain stupide et insignifiant qu'on laisse de côté, c'est ça ?

— Non, tu te trompes, Guillaume. C'est parce que je t'aime comme un fils que j'ai décidé de me taire. Parce que ta souffrance m'est plus douloureuse que tu ne l'imagines. Parce que je désirais que tu ailles de l'avant, que tu tournes la page. Mais je m'aperçois aujourd'hui de l'utopie de mon vœu. Tu ne baisseras pas les bras, n'est-ce pas ?

— Jamais, assena-t-il. Et maintenant, crachez le morceau, et n'oubliez rien.

La souveraine inspira profondément, l'air accablée, avant de se lancer.

— Je me suis trompée. Les elfes se trompent depuis la nuit des temps. Du moins, la majorité d'entre eux, car seule une faible minorité connaît la vérité.

Puisque Guillaume ne la pressait pas, ne posait aucune question et se contentait de la fixer en serrant les dents, elle poursuivit :

— Ce sont les hauts-mages qui créent les âmes sœurs.

Angélique poussa un petit cri de stupéfaction, s'attirant le regard noir de Guillaume.

— C'est un sort particulièrement délicat et complexe, continua Llionann, qui demande un pouvoir important et une écrasante quantité d'énergie, aussi très peu de hauts-mages, au fil des millénaires, ont-ils usé de cet artifice. Il fallait vraiment que l'avenir de notre peuple fût gravement menacé pour que l'un d'eux y eût recours.

— Qui ?

— Novor Othran. Il…

— Je vais le tuer.

— Non ! Écoute-moi d'abord jusqu'au bout, Guillaume, l'implora Llionann. Deux cent révolutions avant le cataclysme, Novor Othran, tout juste élevé au grade de haut-mage, prophétisa l'événement qui détruirait notre monde. Mais il vit aussi que seule la nature, telle qu'elle se présentait à cette époque, serait anéantie. Pas la planète. Il pressentit que d'autres formes de vie viendraient ensuite et que la roue continuerait à tourner. Alors, il eut l'idée d'utiliser un sort de Renaissance. Il m'en fit part, et c'est ensemble que nous le préparâmes et le mîmes en place. En revanche, ce qu'il me tut à l'époque, c'est qu'il avait également créé une âme sœur afin de nous guider à travers les voiles du temps. La première moitié fut destinée à Nimraëlle avant même sa naissance, et la seconde fut confiée à Sérënor jusqu'à ce qu'il la renvoie sur cette planète, au moment idoine. C'est toi qui en as hérité, Guillaume. Sans doute pas par hasard – Sérënor a toujours un dessein précis pour chacun de nous –, mais certainement parce qu'il savait que tu n'abandonnerais jamais.

— Je croyais que Sérënor était une étoile, s'étonna Guillaume, les sourcils froncés.

— C'est le cas, acquiesça la reine, cependant tu n'ignores pas que nous considérons le Soleil, la Lune, les étoiles, la Terre et la nature un peu comme des dieux, ou semblables à l'idée que vous en avez. Pour nous, les éléments naturels ont une conscience. Sérënor est à la fois une étoile, le lieu où se rendent nos âmes à la fin de notre vie charnelle et l'entité qui est à l'origine de notre peuple, qui le guide et qui régit notre destin. Il représente bien plus qu'une simple étoile.

— Donc j'ai raison, souffla-t-il en essayant tout de même de se retenir d'espérer trop fort. Si vous avez été trompés sur l'origine des âmes sœurs, le reste est probablement tout aussi faux, non ? Que vous a encore révélé Othran à ce sujet ?

— Rien, avoua la reine. Il a refusé d'en dire plus.

— Et vous l'avez laissé s'en tirer aussi facilement ? hurla Guillaume, défiguré par la fureur.

— Fallait-il le soumettre à la torture ? interrogea Llionann d'une voix glaciale. Comme le font les humains ? Est-ce ainsi que tu aurais agi, toi, Guillaume ?

L'accusation le doucha. Poussé par la colère, la rage, la passion, certainement qu'il aurait été capable de rouer de coups ce sinistre abruti de mage, jusqu'à ce qu'il crache le morceau ! Mais la torture ? La honte le submergea. Peut-être se reconnaissait-il plus elfe qu'humain, finalement.

— Non, bien sûr que non, répondit-il, calmé et penaud. Je suis désolé, Votre Majesté. J'aimerais tellement être sûr. J'ai besoin de savoir, de comprendre. Tout ceci ne peut plus durer, je n'en supporterai pas davantage. Je pense à elle jour et nuit, je n'en peux plus, il faut que ça cesse, que quelque chose se passe. N'importe quoi vaudra mieux que de continuer à survivre en l'imaginant suspendue entre la vie et la mort.

— Que veux-tu dire ? s'écria Llionann qui avait brusquement pâli.

Angélique et elle braquaient sur lui leurs regards horrifiés.

La reine n'y avait pas songé, cependant l'idée que l'âme de Nimraëlle était toujours clairement séparée de celle de Guillaume et encore rattachable à un corps impliquait qu'elle n'avait peut-être jamais rejoint Sérënor. Alors, dans ce cas… où était-elle ? Nimraëlle les entendait-elle à travers l'esprit de Guillaume ? Était-elle consciente depuis tout ce temps ? Ou, comme son bien-aimé le craignait, avait-elle surnagé dans le vide de la non-vie durant plus de deux ans ? Cette pensée rendait la souveraine malade. Prise de nausée, Llionann jaillit de son fauteuil et se précipita hors de la pièce.

À son retour, ses traits tirés et ses yeux rougis trahissaient son tourment. Angélique et Guillaume avaient échangé un regard embarrassé, cependant pas une parole n'avait franchi leurs lèvres.

— Très bien, statua la reine d'une voix enrouée. Si la demoiselle est toujours d'accord, nous allons le faire.

Guillaume se retint de bondir hors de son siège pour embrasser l'elfe. La pensée subite qu'avant le crépuscule, Angélique allait donner sa vie en faveur de Nimraëlle, qu'elle allait mourir vraiment et qu'il ne s'agissait plus seulement que de mots dorénavant, mais bel et bien de la réalité froide et crue, le glaça. Jusque-là, il n'avait songé qu'à son amour et avait considéré le geste d'Angélique avec pragmatisme. Soudain, il le comprenait avec ses tripes, dans toute son ampleur et son caractère définitif. Inquiet et embarrassé, il se tourna vers la jeune fille, qui le rassura aussitôt.

— Bien sûr que je suis toujours d'accord, s'exclama-t-elle. Visiblement, les chances pour que cela fonctionne sont encore plus sérieuses qu'auparavant, donc ne perdons pas de temps !

Elle parlait d'un air enjoué, sûre d'elle, pourtant Guillaume la sentait fébrile. L'urgence dans sa voix l'interpella. Il aurait juré qu'elle essayait de le pousser à agir avant d'y réfléchir plus avant, comme pour ne lui laisser aucune possibilité de se rétracter. Il repassa mentalement tous les éléments importants de leur conversation. C'est alors qu'il décela la faille qu'Angélique avait tout de suite repérée.

— Si ces deux principes fondamentaux au sujet des âmes sœurs sont erronés, supposa-t-il, celui concernant leur origine, ainsi que celui déterminant leur finalité, bien d'autres assertions devraient être remises en question, n'est-ce pas ?

— Certes, confirma Llionann, lasse et désabusée. À quoi songes-tu, précisément ?

— L'âme des humains, une fois expulsée de leur corps, s'achemine-t-elle réellement vers Sérënor ? Survit-elle ? Bénéficie-t-elle de cette seconde vie merveilleuse que vous leur avez promise ?

Llionann parut accablée.

— Comment le saurais-je ? gémit-elle, les larmes aux yeux. Toutes mes certitudes ont volé en éclats. Je ne suis même plus sûre que l'âme des elfes s'y rende après leur mort… ou que Sérënor soit une réalité.

— Moi, j'y crois, affirma Angélique d'un ton ferme. La magie est réelle. Vos pouvoirs ne sont pas une illusion. Votre peuple a bel et bien traversé le temps pour renaître, comme vous l'aviez projeté. Si votre mage n'avait pas envoyé la moitié de l'âme sœur vers Sérënor afin de permettre à Guillaume de trouver Nimraëlle, vous ne seriez pas là aujourd'hui. Ouvrez les yeux ! Les preuves sont évidentes, Majesté ! En ce qui me concerne, j'ai la certitude absolue que je verrai Sérënor avant le coucher du soleil, et je refuse que vous me priviez de cela. Procédez au rituel, je vous en prie ! Donnez-moi une seconde chance !

CHAPITRE QUATORZE

Le plaidoyer d'Angélique avait achevé de convaincre Llionann, tout en déchargeant Guillaume de la culpabilité qui l'entravait. Tous trois s'étaient installés dans l'une des luxueuses chambres à coucher des appartements de la reine. Une pièce sans doute destinée à recevoir des hôtes de marque, mais qui n'avait jamais servi. Angélique et Guillaume s'allongèrent côte à côte sur l'immense lit à baldaquin. Ils s'étaient dit tout ce qui importait. Chaque point dérangeant ou conflictuel avait été abordé. Rien n'empêchait désormais la mise en œuvre du rituel. Du moins, Llionann ne trouvait-elle plus le moindre prétexte pour en retarder l'échéance.

L'opération s'annonçait cependant autrement délicate que de simplement choisir une âme et la placer dans un corps. Cette fois, la reine allait devoir investir les profondeurs de l'esprit du jeune homme, y retrouver l'essence de Nimraëlle, tenter de l'isoler et de l'en détacher, afin d'ensuite la transférer dans son nouvel écrin. Tout cela sans détruire le cerveau de Guillaume, ou celui d'Angélique. Le danger rôderait à tout instant, car chaque étape du processus pouvait s'avérer fatale. Cette Renaissance, si la reine faillait, ne serait-ce qu'un peu, signifierait peut-être la mort pour les quatre protagonistes : Angélique, Llionann, Guillaume et Nimraëlle. Car ils resteraient intimement liés durant la totalité de l'intervention.

Un léger frémissement de l'édredon sur lequel Guillaume reposait attira son attention vers la jeune fille allongée à sa droite. Elle tremblait. Il tourna le visage dans sa direction, lui sourit d'un air aussi rassurant que possible et lui prit la main. Elle la serra fort, lui sourit en retour, puis ferma les yeux. Il reporta son regard sur la reine qui se concentrait, à sa gauche, debout près du lit. Celle-ci se tenait si immobile, les traits contractés par la méditation, qu'elle ressemblait à une statue de marbre, parfaite et froide. De peur de briser son effort, il se figea et baissa les paupières jusqu'à n'entrevoir qu'un filet de lumière. Il s'astreignit à prendre d'amples et profondes inspirations, histoire de se préparer à… quoi qu'il puisse ressentir. Les secondes devinrent des minutes. Guillaume se sentit sombrer lentement vers l'inconscience.

La nuit n'était pas encore pleine quand il ouvrit les yeux. Dans la pénombre, il distinguait les motifs du dais qui surplombait le lit de la chambre d'amis de Llionann. Il était donc vivant. Un premier bon point. Mais qui n'aurait de valeur que si…

— Je ne connais personne qui mériterait d'être un elfe autant que toi, Guillaume, murmura la reine avec une émotion inédite.

Les pupilles du jeune homme pivotèrent vers la source de la voix. Llionann semblait à la fois épuisée et débordante de joie. Les larmes perlaient à ses cils, mais son sourire rayonnait.

— On a réussi ? demanda-t-il par prudence.

Lui aussi devait avoir l'air fatigué. En tout cas, il avait l'impression qu'un trente-huit tonnes lui était passé dessus. Chacun de ses muscles hurlait de protestation alors qu'il ne bougeait même pas. Une douleur sourde, comme un tambour de guerre, pulsait sous son crâne, broyant son cerveau à chaque battement.

— Vois par toi-même ! l'encouragea Llionann en désignant l'autre côté du lit.

Guillaume déglutit et força sa tête à obliquer vers la droite. Son cœur cognait dans sa poitrine. L'espoir et la peur l'étourdissaient. Il avait de nouveau fermé les yeux, attendant l'ultime instant pour les rouvrir. Quand enfin sa joue reposa entièrement sur l'oreiller, il leva les paupières.

Elle était là, aussi belle que dans son souvenir, bien que légèrement différente du fait de son corps d'adoption. Mais ses longs cheveux bleus, ses délicates oreilles en pointe, la sublime blancheur de sa peau, sa bouche, son nez… *elle* était de retour. Le regard affamé de Guillaume glissa de son visage vers son buste, à la recherche du plus léger mouvement, et l'émotion le submergea quand il vit ses seins magnifiques monter et descendre sous l'influence de sa respiration. *Elle* vivait. Un sanglot s'éleva alors du fin fond de la poitrine du jeune homme, heurtant douloureusement les parois serrées de son cœur, avant de franchir le rempart de ses lèvres en un son déchirant. Les cils de l'elfe endormie frémirent. Et lorsque sa main, toujours nichée dans la paume de Guillaume, eut un soubresaut, il étreignit délicatement ses doigts.

— Nimraëlle…

Elle ouvrit les paupières, l'air étonnée, un peu perdue. Il releva le torse à demi et se pencha vers elle en lui offrant son plus beau sourire.

— Guillaume ?

Sa voix, bien qu'un peu rauque d'avoir tant dormi, était la même que celle des rêves. Aussi douce, cristalline et chantante que dans son souvenir.

— Tes yeux sont violets, s'émerveilla-t-il.

Elle sourit.

— Les tiens sont bleus.

Llionann les laissa quelques instants encore se rassasier l'un l'autre de leur joie mutuelle, puis elle posa une main sur la joue de Nimraëlle, avant de l'aider à se redresser. Guillaume s'empressa de disposer les oreillers afin que la jeune elfe pût s'y adosser, ce qu'elle fit en lui adressant un regard reconnaissant.

— Bienvenue dans notre nouveau monde, ma fille. Il n'aurait pas été complet sans toi, et je suis plus qu'heureuse d'avoir eu la chance d'accomplir ta Renaissance. Nul ne la méritait davantage que toi.

— Votre Majesté, s'émut la jeune femme, comment m'avez-vous retrouvée ? J'étais perdue.

— Perdue ? s'étonna Llionann. Non, tu demeurais à l'abri dans le subconscient de Guillaume. Quand il a reçu ta moitié d'âme, après ton sacrifice, il a refusé la fusion et a soigneusement conservé ton essence intacte, enfouie en lui.

Guillaume, qui s'était assis à côté de son aimée et lui tenait toujours la main, rougit sous l'expression perplexe de Nimraëlle. Cependant la reine poursuivit :

— Nous étions convaincus qu'il n'existait aucune chance que vous puissiez vivre tous les deux, mais cet homme est plus têtu qu'un troll des montagnes.

Le sourire débordant de fierté maternelle que la souveraine adressa à son protégé stupéfia Nimraëlle, toutefois elle ne fit aucun commentaire, impatiente de connaître la suite de l'histoire.

— Il a sonné chez moi en début d'après-midi, raconta Llionann. Je ne l'avais jamais vu aussi excité. Il m'amenait une jeune femme, volontaire pour t'offrir son corps en échange d'un passage vers Sérënor. J'espère qu'elle y est…

Après les révélations de ces dernières heures, Llionann n'osait plus croire en ses anciennes certitudes. Elle ne pouvait désormais qu'espérer.

— Je suis certain qu'elle s'y trouve, Majesté, assura Guillaume avec conviction. Et quand vous vous rendrez là-bas, le plus tard possible, vous lui direz combien je lui suis reconnaissant.

— Tu le lui diras toi-même un jour, Guillaume, rétorqua la souveraine.

— Vous oubliez que je ne suis désormais plus qu'un malheureux humain, indigne de fouler votre Walhalla[8], objecta-t-il amèrement en détournant le regard.

— Tu en es bien plus digne que nombre d'elfes de sang pur, déclara Llionann. Et je te jure que je trouverai un moyen pour que tu y aies ta place.

— Ce n'est pas beau de jurer, ironisa-t-il. De toute façon, mon paradis est ici, à présent.

Il prit dans ses paumes les deux mains de Nimraëlle, les étreignant doucement. Puis il chercha ses yeux violets pour s'y baigner, se délectant par avance du plaisir qu'il allait ressentir, pourtant ce qu'il y vit le glaça. Elle avait l'air si fragile. Son regard semblait hanté, comme si on l'avait arrachée à l'enfer, mais qu'elle craignait d'y être à nouveau aspirée. L'angoisse déclencha des frissons le long du dos du jeune homme.

---

[8] Paradis dans la mythologie nordique.

— Que s'est-il passé, Nimraëlle ? Raconte-moi.

Elle frémit. Sa peau pâle blêmit jusqu'à la transparence. Elle ne se sentait pas de taille à replonger dans l'horreur de ces deux dernières années. Cependant, quand elle s'immergea au fond des iris de son bien-aimé, elle n'y lut qu'un amour intense, et la promesse qu'il serait là pour elle, jusqu'à la fin des temps. Qu'il avait toujours été là, tel le rocher qu'elle avait deviné en lui dès les premiers rêves. Elle savait qu'il ne la laisserait pas tomber, qu'il la soutiendrait et la porterait, quelles que soient les difficultés traversées. Elle écarquilla soudain les yeux tandis qu'un petit cri émerveillé passait ses lèvres : son cœur reconnaissait pleinement Guillaume, à présent. Pas de la manière dont on se remémore quelqu'un que l'on a connu, non… plutôt comme on retrouve quelqu'un à qui l'on appartient. Rassérénée par cette douce révélation, Nimraëlle prit une inspiration et se lança :

— Je pensais qu'une fois morte, je partirais tout de suite vers les étoiles, commença-t-elle. Mais, à mon grand désarroi, je me suis retrouvée piégée dans le monde gris. Le même que j'avais arpenté à ta recherche, Guillaume, quand tu étais prisonnier du coma.

— Je me souviens très bien, frissonna-t-il. J'y ai passé trois jours atroces. Il n'y existe rien. Que le vide, le gris et le froid.

— J'ai tout tenté pour en sortir, continua-t-elle, malheureusement, l'endroit était parfaitement clos. Je sentais les bords de ce que j'ai compris être mon âme.

Elle aurait dû fusionner avec la tienne, et j'étais censée ne plus exister, pourtant je me trouvais enfermée à l'intérieur, sans aucun moyen de te contacter. J'avais si peur que j'ai cru étouffer. J'avais beau crier, hurler, seul le silence me répondait. J'ai bien failli devenir folle.

— Mon ange, je suis tellement désolé, se lamenta Guillaume. Tout est ma faute, si j'avais su que je t'enfermerais…

— Non, intervint Llionann. Tu n'as rien à te reprocher. Si tu avais accepté la fusion des âmes comme nous t'y avions enjoint, Nimraëlle aurait disparu pour toujours, et nous n'aurions jamais pu la faire renaître. Ton instinct s'est montré bien plus avisé que toute la science des elfes. Et je suis certaine que d'ici quelques jours, quand elle aura récupéré, Nimraëlle sera la première à admettre que ces deux années de souffrance et de solitude n'étaient en définitive pas si cher payé en comparaison de la chance de mener une nouvelle existence à tes côtés.

— Il ne sera pas nécessaire d'attendre, assura la jeune elfe en souriant, mon éternelle gratitude t'est d'ores et déjà acquise, mon amour. J'ai eu si peur d'avoir échoué, de t'avoir également entraîné dans la non-vie et d'avoir ruiné ton existence, que je bénis aujourd'hui mon séjour au cœur du monde gris, puisqu'il a permis que nous soyons enfin réunis.

Elle avait dit *mon amour*. Guillaume en avait le souffle coupé. Le sang, dans ses veines, se mit à chauffer comme au temps de leurs premiers contacts. Il bondissait en rugissant, envahissant férocement les parties sensibles de son anatomie. Le désir du jeune homme pour Nimraëlle se fit plus urgent que jamais, parce qu'elle était enfin là, à portée de ses doigts. Mais Llionann, qui entendait en savoir plus sur le monde gris, l'ignora superbement. Au relatif soulagement de son protégé.

— Raconte-moi ce que tu as ressenti tout à l'heure, pendant la Renaissance, interrogea-t-elle son ancienne servante.

— J'errais dans la prison de mon âme depuis un temps qui m'a paru infini. J'avais abandonné tout espoir d'en sortir un jour. Je n'avais plus la moindre idée du passage des ans, et j'aurais aussi bien pu m'y morfondre depuis des siècles quand vous m'avez trouvée. Et puis les portes se sont ouvertes brusquement et je me suis sentie aspirée violemment, avant d'être projetée dans un corps inconnu. Celui-ci m'a semblé très proche de celui que j'occupais auparavant, bien que différent et fortement dégradé… J'ai d'abord pris le temps de me ressaisir, d'appréhender ma nouvelle enveloppe, puis de la restaurer. Je n'étais pas tout à fait sûre de comprendre ce qui m'arrivait. J'avais peur d'y croire et de me rendre compte que ce n'était qu'une illusion de mon esprit malade. Ensuite, tu m'as appelée…

La voix de Nimraëlle se brisa sous le poids de l'émotion.

— Tu as ouvert les yeux, poursuivit Guillaume, et je suis né dans ton regard. Je t'ai ramenée vers moi pour que tu me donnes la vie. Je ne te laisserai plus jamais me quitter.

Les iris embués, Llionann quitta discrètement la chambre afin de leur laisser enfin l'intimité qu'ils méritaient. Ils ne reparurent qu'au petit matin, attirés dans la cuisine par l'odeur du thé et de la brioche grillée. Un bonheur échevelé rosissait leurs traits.

On dit que c'est depuis ce jour que les elfes ont choisi d'adorer un dieu unique : l'Amour.

Guillaume et Nimraëlle en furent les premiers adorateurs… pour les siècles des siècles.

Fin

À PROPOS DE L'AUTEUR

Cécile Ama Courtois

Adresse mail : cecilecourtois25@orange.fr

Site Web : www.cecileamacourtois.com

Autre : Facebook =
https://www.facebook.com/AmaCourtois/

Née en 1974 en Franche-Comté (l'autre pays des Hobbits), Cécile a grandi sans vraiment quitter l'enfance, bercée par des heures de lectures hétéroclites. Le désir d'écrire, d'abord de la poésie (sous le pseudonyme Amapoesia), puis des fictions lui est venu très tôt, comme un exutoire. Aujourd'hui, mariée et mère de deux garçons adolescents, c'est toujours dans l'écriture qu'elle s'épanouit en donnant naissance, à travers ses mots, aux mondes qui peuplent ses rêves. Engagée, elle aime à revendiquer ses valeurs et à distiller ses idées, notamment sur la condition des femmes, la justice, contre le racisme et toute forme d'exclusion, à travers des récits aux allures de contes. Ses autres passions, le chant et les chevaux, la tiennent en équilibre entre ses deux mondes, celui de Cécile (épouse et mère) et celui d'Ama (auteure et poétesse… fée aussi, peut-être).

Bibliographie :

La Délégation, le conte des sept Chants tome 1 (Fantasy)

Edoran, un prince lycante, est envoyé en mission diplomatique chez les elfes avec une délégation de métamorphes. Il doit rapporter le Livre, parchemin sacré des peuples de Gahavia, à la Haute-Reine des elfes, lors de l'assemblée décennale des nations. Jeune, un brin idéaliste et pétri de certitudes, il va découvrir que le monde, et les gens qui l'habitent, ne sont pas ce à quoi il s'attendait. Des rencontres fascinantes, surprenantes, effrayantes, dangereuses ou dérangeantes vont émailler son voyage et ébranler ses croyances. À l'arrivée, il ne sera plus tout à fait la même personne qu'au départ, et heureusement ! Parce que c'est là que la véritable aventure va commencer…

Nordie
(Romance)

Elle est pure, naïve et maladivement discrète. Lui est orgueilleux, cynique et blasé. Tout semble les séparer… mais le monde dans lequel ils vivent, égoïste et violent, va les contraindre à dépasser leurs différences, les révélant à eux-mêmes.

"Nordie" mêle romance et fantasy médiévale dans un récit moderne, haletant, aussi déroutant qu'émouvant.

« Guilendria et Deijan vous surprendront. L'une par cette force qu'ont les faibles quand on les colle au pied du mur, l'autre par cette faiblesse qu'ont les forts quand ils acceptent de baisser leur garde.»
Anne Cantore (romancière).

Mes États d'Ama

(contes pour adultes)

De la Féerie à la magie noire, de l'amour à la haine, de la douceur à la violence, de l'émerveillement à la terreur... plongez dans les profondeurs des mille univers de Cécile Ama Courtois et explorez ces contes sous leurs différents genres : Fantasy, fantastique, romance contemporaine, science-fiction... Attendez-vous à tout, ne présumez de rien, laissez-vous emporter... (contes pour adultes et grands adolescents !)

À paraître...

- ❖ Le second tome du conte des sept
  Chants : La Quête
  En août 2020

- ❖ Le troisième et dernier tome du conte
  des sept Chants : L'Harmonie
  Fin 2020 ou début 2021

Édité par Cécile Ama Courtois
11 rue principale 25250 Etrappe